管中窥书

管继平

上海书店出版社
SHANGHAI BOOKSTORE PUBLISHING HOUSE

目　录

I

第三辑　书边余墨

自序

　　金冬心先生曾书有一副对联：且与少年饮美酒，更窥上古开奇书。不过，以老夫之体会，与少年饮酒，况且还是美酒，似太可惜，亦难有共鸣。其原句乃出自高适的《邯郸少年行》："且与少年饮美酒，往来射猎西山头。"此处诗人本来就是写少年游侠的豪迈，放歌纵饮，弯弓射雕，与读书大概无涉。所以，此上联我一直略有不满，至于下联，倒也颇为喜欢，只是"上古"之书，读得并不多罢了。

　　既如此，若以我之性情，改一下此联似也无妨——且与佳人饮美酒，更从老朽窥奇书。"佳人"与"老朽"，平仄相对，形式相背。何况，能同佳人赏花醉月，妙境自不必多言；至于"老朽"，我想起弘一法师或知堂老人，每与友朋书札，常自称"朽人"，陈师曾也有"朽者"之号，可见朽者不朽，实乃高人硕儒之谦称也。所以，能跟着"老朽"读书，或是读"老朽"之书，亦属人生一大快事，即使一知半解，或者一厢情愿，然而只要读出一点趣味，引出一点会心，那么这书也就不算白读了。

既谓奇书，我觉得还是用"窥"比较好。窥者，有一种独自偷着乐的愉悦感。如旧时常说"雪夜闭门读禁书"，就带有隐秘的快乐。其次，窥还含有以小见大、以浅陋识高深的谦虚。譬如，管窥蠡测、管中窥天之类，皆是说明因自身的局限以造成认识的片面，这不正是我的读书状况么？联想到鄙姓"管"，那么，"管中窥书"，用来命名我这本所谓的读书随笔，似乎再契合不过也。五柳先生的那句"好读书，不求甚解"，于他可能是低调，于我则几近于嘲笑了。

因为读书，未免写一些杂七杂八的文字。本书所集，多为近年所写的与读书相关的小文，如"大家背影"和

"纸上留痕"两辑，是写民国文人的余绪，也有谈书法和印章的；"书边余墨"一辑，都是为朋友之书所写的序文，也包括自己的几本书跋；最后那辑"闲书闲文"，则是懒得归类的一类了，算作杂烩也可。说来惭愧，本人忝为业余作家之列，文墨之爱好也多，读书写字聊天作文，第一等好事仍是读书，而最不喜也是最不擅的就是作文了。每每写稿，非拖至最后一刻，才仓促交卷。过去李义山是"书被催成墨未浓"，如今我是"文被催成句欠工"，所以，质量之粗疏浅薄，在所难免。所幸编辑柏伟兄的宽宥大度，一再容忍，一再鞭策，才使这本小书终得付梓面世，在此深表谢忱！

最后还想再说一句，窥书之乐在于毫无功利，甚至也毫无目的。记得黄山谷曾言：三日不读书，则语言无味，面目可憎。可见，读书还具有美容之功效。本人颜值偏低，凡事处处要识相，若想提升一二，唯有读书进补耳。如果说读书于我真有什么功利的话，或许就此而已矣。

乙未冬月　管继平于海上丽园易安阁

3

第一辑

大家背影

海伦路上的大师

上海的海伦路和多伦路，都在虹口差不多的方位，且都有一个"伦"字，故时常有人混淆，包括许多所谓的"老上海"。

当然，多伦路的名气要大许多，那里是文化名人街，以前就曾住过许多名人，有鸿德堂，有白公馆，还有公啡咖啡馆、左联会址、景云里……毫无疑问，鲁迅当年也曾于此出没；而不算太远处的海伦路，则住着鲁迅的好友沈尹默。但必须说明的是，两位好友在上海似乎只见过一次面，之后则无暇再有往来。而鲁迅先生，早在一九三六年就"先走一步"了，沈尹默之前虽曾短暂住过上海，但正式定居于虹口海伦路则是在抗战胜利后了。

海伦路最初给我深刻印象的，是一家儿童公园。记得大约是一九七〇年吧，那时刚入小学的我，在老师的带领下，我们步行了六七公里的路，就是冲着海伦路五〇五号——海伦公园而去的。此时，我压根都不知，正对面的五〇四号里，还住着一位书法大师沈尹默。

现在回想起来，或许那一天，若仅仅从物理意义上说，大概是我与大师最贴近的一次了。

在近百年的书法史上，沈尹默是无法绕过的一位大师。其实，何止是百年，谢稚柳就曾称赞沈先生书法为"数百年中未有出其右者"。他的楷书，直攀晋唐，完全可以追配古人。然而，如果你真的以为沈尹默仅仅就是一位书法家，那倒是对先生的误读了。早在上世纪初，沈尹默先生就是北大的著名教授、《新青年》杂志的六大编辑之一、名噪一时的学者诗人了。知堂老人曾说沈尹默和郁达夫，是五四以来旧体诗写得最好的。其实，不光是旧诗，即使是新诗，沈尹默的成就也足可与新文化的开山人物胡适先生比肩。虽然胡适是白话新诗的第一位"尝试"者，而要说新诗的意境，沈尹默似乎还要更胜一筹。早在一九一八年，沈尹默在《新青年》上发表的一首《月夜》就非常著名：

　　霜风呼呼的吹着，
　　月光明明的照着。
　　我和一株顶高的树并排立着，
　　却没有靠着。

　　诗一共才四行，却被康白情誉为中国现代"第一首散文诗，而具备新诗美德"。

　　然而，晚年居住上海的沈尹默先生，早已褪尽昔日的辉煌，他不提《新青年》，也不再谈五四，他从不提过去的成就，甘于平淡，唯以临池为乐。这有点像弘一出家后"诸艺俱疏，唯书法不废"的意蕴，沈先生也是，他总以为，书法可以养性，可以宣传，可以用来歌颂新社会。于是他将自己极深的传统书法造诣，化为浅显通俗的语言，著书、讲课，致力于书法的普及教育事业。

我们都知道，沈尹默的双目是深度近视，他读书看报非常吃力，白天要对着太阳光，戴着那两千两百度的眼镜，且镜片几乎贴住书本，方能慢慢地读上一会儿。据他的弟子戴自中先生介绍，他写书法时，基本都是凭感觉在写，有时沈师母或弟子帮忙伸纸，见他写偏了，会及时提醒他"朝里朝里"、"朝外朝外"，他再作些调整，将每行字尽量写成直线。而他自己写盈寸左右的小字，格子已经看不清了，就预先在衬纸上用浓墨点上黑点，然后宣纸放上面，他就依稀照着有黑点的位置，把字写上去。

平时遇有朋友或学生来访，沈尹默也仅仅只看见一个身影，分不清面目，只有等来客开口称呼了，他才凭借声音辨别是谁。说起来这还闹过一则笑话：六十年代时有一年冬天，周恩来总理在上海邀宴几位文化界人士。沈尹老到达宴会厅时，周总理亲自开门迎候。但沈先生因为看不清，还以为是门口的服务员，于是就将脱下的大衣顺手交给了周恩来，总理也不介意，亲自去衣架上挂好。然后一开口寒暄，沈尹默方知接大衣的竟是总理周恩来，于是连连致歉，深感过意不去。由此可见，沈老的眼力之衰，几近于盲。然而即便如此，他也能完全凭手上的感觉，将字写得风神萧散、俊逸洒脱。当然，这取决于沈尹默先生博大的书法功力，而更重要的，则是他深厚的学养和诗人气质，使其书法中飘逸出清雅自然的书卷气，这是他人所难以企及的。

沈尹默的书法，世人宝之，皆以能藏得一纸半墨为幸。据说当年在重庆时，沈先生总将自己临写得不甚满意的《兰亭序》，揉成团扔在字纸篓里，不料某次却被于右任发现检出，大为赞叹，即装裱成手卷而珍藏。而"文革"期间，被错定为"资产阶级反动学术权威"的沈尹默，尽管已是衰年病体，但依然接受"红卫小将"的多次批斗，被勒令写"检查"，认识思想。然而可笑的是，每当沈老的"检查"在海伦路门口贴出时，没多时就会不翼而飞。沈老无奈，只得重写，但仍是同样"命运"，如此往复数次，方知原来是有人对沈老的墨宝爱之心切，故才不顾"政治风险"，趁着没人留意而将大字报悄悄揭走，藏匿于家中。

我曾将这故事求证于当年时常在沈老身边的戴自中先生，如今年届八旬的戴先生说，事情有是有，不过沈先生眼睛不便，有几次"检查"其实都是沈先生口述，由沈师母代写的。沈师母褚保权先生，身出名门，也是一位书法家，受沈尹默的影响，当然书风也颇有点相近，可是外人哪得知？一见沈宅又有新的"检查"贴出，也来不及辨个青红皂白，一概当作大师"墨宝"而纷纷珍藏起来了……

　　在当时看来这或许是一可笑的举动，但如果有谁将这些"检查"真能保存至今，那么无疑就成十分可贵的珍墨了，谁还会觉得可笑呢？

丰子恺与江湾缘缘堂

　　丰子恺先生的人生，似乎与"湾"特别有缘。他出生于浙江桐乡的石门湾；早年来上海创办立达中学，居上海虹口的江湾；后又曾住过嘉兴的杨柳湾，故人称他为"三湾先生"。其实，丰子恺最后二十一年所居的陕西南路长乐邨，也是一个"湾"，那属以前的卢湾，所以算起来应该是"四湾"了。

　　熟悉丰子恺的人，几乎都知道"缘缘堂"。因为丰子恺先生除了漫画出名外，那部《缘缘堂随笔集》也是同样的名闻天下，几乎可与画名同相辉映。然而说起缘缘堂，许多人都只知是桐乡石门湾的丰子恺故居——缘缘堂。殊不知此乃"只知其后，不知其先"，事实是早在此前，丰子恺就已经将他上海江湾的住处命名为"缘缘堂"了，而桐乡石门湾的"缘缘堂"，只是沿用了江湾之旧名而已。

江湾缘缘堂，是丰子恺于一九二六年至一九三三年居住的永义里二十七号。丰先生曾有一篇文章，记述了堂名的由来：那是一九二六年，丰子恺入住江湾的第一年，是年弘一法师途经上海，便住在丰子恺的永义里家中。某日，丰子恺和先生说起要为自己的寓所命名，弘一法师就叫他在小方纸上写了许多自己喜欢而又可互相搭配的字，团成许多小纸球，撒在释迦牟尼画像前的供桌上。丰子恺随即抓了两次阄，居然拿起来的都是"缘"字，于是就定其堂名为"缘缘堂"。并当即请法师题写了横额，付九华堂装裱，挂在永义里的屋里，这就是"缘缘堂"之名最早的由来了。以后虽几次搬迁，"缘缘堂"都是如影随形，后来丰子恺住进了陕西南路的长乐村，斋名又改成了"日月楼"。

丰子恺先生在江湾缘缘堂前后住了近八年的时间，

然而就这短短的八年，对丰子恺的人生，却有着不同寻常的意义。无法一一细数，姑且择其三者，可知大概：其一是一九二七年秋，在丰子恺三十虚岁生日的那天，正式从弘一法师皈依佛门，取法名"婴行"。其二是一九二八年，发愿欲创作护生画五十幅，由法师题字五十幅，于次年出版《护生画集》(第一集)，为祝弘一法师的五十寿辰。这一策划即成为他后来花了近半个世纪的创作，留下的六集《护生画集》之始。其三是一九三一年，一本题为《缘缘堂随笔》的薄册子由开明书店出版，收了丰子恺二十篇散文，其中有数篇就是写江湾永义里的生活。这可是丰子恺问世的第一本散文集，意义自然非同一般。

然而，江湾永义里，由于一九三七年毁于兵燹，现已不存。据悉，上海丰子恺研究会的几位人员，曾用近半年时间探访询求，终于查明永义里的遗址，就是在今天上海复兴高级中学校门（车站南路二十八号）隔马路正对面的一片居民小区。但沧海桑田，今天已全非旧日之景象了。当年的永义里，我们只能从丰子恺的长女丰陈宝描述的文字里，隐约想象出它的模样："一排朝南的石库门房子，每幢一楼一底，住一家。每套房子楼下为客厅，上楼去，经过左边的亭子间（在厨房上面），朝右再跨几步，上去便是前楼。进入前楼处，有条小扶梯，爬上去便是晒台（在亭子间上面）。每个教师（或职工）住这样一套房子，从后门（厨房开向弄堂的门）出入。这条弄堂叫做永义里。"

读了这一段文字，住过上海弄堂的读者应该都能领会，这样的房屋结构，就是上海最常见的石库门弄堂了。好在弘一法师有一张著名的照片可以印证，一九二七年，弘一法师身穿对襟布衣，双手挂杖，立于江湾丰子恺的寓所门前摄有一影。虽已时隔八十多年，但法师身后的墙砖以及弄堂拐角的墙线，仍可清晰地呈现出当年石库门弄堂的基本特征。

虽说江湾缘缘堂和石门湾缘缘堂都不幸毁于当年的日军炮火，然而故乡石门湾于上世纪八十年代又依原样恢复重建了缘缘堂，所以人们更容易知道它、认识它，但江湾缘缘堂则再也无法复原，永义里，也许只能永存在人们的记忆里了。

溧阳路：不应忘了陆澹安

　　在繁华热闹的四川北路上徜徉，如果你商店逛得烦了，走得累了，欲休闲养眼，或是为自己的人文气息进补，那么，随意拐个弯便即可。那边横向有山阴路、溧阳路、长春路、多伦路……每一条小路都有它别致的街景风貌，都有它深厚的历史文化底蕴。

　　相比较而言，溧阳路是几条马路中最宽敞、最绵长，也是最具一定建筑特色的一条路。尤其是挨着四川北路的那一段，成片的老洋房一幢幢鳞次栉比，在粗大浓密的梧桐树和挺拔成行的水杉掩映下，若隐若现，恍然如画。而且就在这一段的溧阳路上，曾居住过许多文化名人，虽然，那都是半个多世纪以前的往事了，但斯人已去，物景犹存，所谓"今人不见古时月，今月曾经照古人"。在你不经意的时候，难免就会和名人故居有一场邂逅：如一二六九号的郭沫若故居，一三三三弄一号的女画家关紫兰故居，紧挨着隔壁一三三五弄内五号又住着曹聚仁，还有一三五九号的鲁迅藏书室……

不过，浏览了许多关于寻访溧阳路名人故居的文章，甚而还写到溧阳路往南住着的著名报人金仲华、赵超构等，可是人们偏偏就遗忘了眼皮底下的一位文化名人、南社耆宿陆澹安先生。

陆澹安就住在溧阳路上的一二一九号，和郭沫若曾住过的一二六九号仅百步之遥。那是一排从长春路至宝安路口的花园别墅，红砖黛瓦，圆弧拱形门窗的日式洋房，非常漂亮。据陆澹安的文孙、著名书法篆刻家陆康先生介绍，这一排三层楼别墅是当年东洋人所造，抗战胜利后，他的大伯父用六根"大黄鱼"买下，因大伯当时是沪上大律师，买下别墅后楼上作居室，底楼可直接用来开律师事务所。一九四七年六月，澹安公随子女迁此定居，直至一九八〇年逝世。陆康回忆起儿时住此印象最深的莫过于一帮孩子在花园中的嬉戏，这块数百平米的花园院落，花木扶疏，曲径回转，对孩子们来说真是太宽敞了，他们于此躲猫猫、捉蟋蟀，几乎无所不玩。

按陆康先生的指点曾去溧阳路的别墅探访了一次，花园依旧，草木森然，如今幽静的庭院，显然早已不闻孩子们的欢闹声了，昔日澹安公那种"引壶觞以自酌，眄庭柯以怡颜"的闲情，对今天的人们而言，恐怕是太奢侈的生活方式了。

时下的年轻人，对陆澹安先生的了解肯定不多了。其实澹安先生的人生非常丰富，他早年从事教育、当过校长；做过编辑，主编过《侦探世界》《金刚钻报》等；写过小说，尤以侦探武侠类如《李飞侠外传》《落花流水》等蜚声海内外；还研究过电影戏曲，曾和洪深、严独鹤一起创办了中华电影学校和中华电影公司，集写、编、导于一身；又擅写弹词，由他改写的《啼笑因缘》《秋海棠》弹词，一经传唱，竟红遍江南……

众所周知，二十世纪初的上海滩，有一批专写"才子佳人"式题材的作家，被称为"鸳鸯蝴蝶派"，名气大的代表人物如包天笑、徐枕亚、张恨水、秦瘦鸥等。也许正是由于陆澹安写通俗小说和弹词的影响，况且他和所谓"鸳蝴派"作家颇多往来，如严独鹤、平襟亚、范烟桥、秦瘦鸥、徐卓呆、程小青等，都与澹安先生时相过从，所以毫无疑问，当时的评论家也将陆澹安归为"鸳鸯蝴蝶派"的一员。可能因他的笔锋甚健，专栏和弹词作品风靡一时，甚至一度还获得了"鸳鸯蝴蝶派三骑士"之一的雅号。对此，陆澹安先生虽说并不认可，但他也一笑置之，非常淡然。他有题《鸳鸯蝴蝶派研究资料》的两首诗，读之颇有深意。其一是："蛮触争雄已可怜，漫劳萁豆更相煎。即今高处寒难禁，愿作鸳鸯不羡仙。"其二为："劫后神仙不值钱，而今鸡犬尽升天。何如幻梦成蝴蝶，消受庄生一觉眠。"其中如"愿作鸳鸯不羡仙"，巧妙地借用初唐卢照邻的名句，喻己甘为"鸳鸯蝴蝶"，而对所谓的"神仙"表示了不屑。

　　五六十年代时期，可能是"鸳鸯蝴蝶派"受到了批判之故，陆澹安也不再写小说和弹词了，将兴趣又转移到学术上来。他以一人之力，编两部大词典：《小说词语汇释》和《戏曲词语汇释》；此外，还研习书法，对金石碑版、隶书的变异以及文史戏曲均做了大量的考据工作，写了《隶释隶续补正》《汉碑通假异体例解》《古剧备检》《水浒研究》《说部卮言》等多种学术著作。说来真叫人难以置信：旧时出色的文人，居然能涉及那么多的领域，书法诗文俱佳，而且还有那么多的学术成就——更要命的是，他们平常竟也一样的吟曲听戏、喝酒交游、赏花射虎……呵呵，相比之下，真让当今所谓的文人愧煞也！

施蛰存虹口办书店

许多熟悉施蛰存先生的人，都知道施老有"四扇窗"的典故，妙喻自己一生治学的四个不同领域，即："东窗"是古典文学的鉴赏，"南窗"是现代文学的创作，"西窗"是外国文学的翻译，"北窗"是金石碑版的研究。

其实，施蛰存涉及的领域，还远不止这"四窗"。作为中国现代著名的学者和作家，施蛰存的一生，毋论从人生经历还是文化成就而言，都可谓相当的丰富。他寿近期颐，自一九〇五年出生至二〇〇三年辞世，九十九年的生涯，使他成了文坛上一颗长明不灭的璀璨之星。

他在中学时就发表小说，上世纪二十年代末，受西方文学的影响，他运用心理分析手法创作了多篇小说引起文坛的关注，成为我国现代派小说的奠基人之一。当时他很年轻，文学创作的同时，还和戴望舒、杜衡这"文坛三剑客"一起加入了中国共产主义青年团，积极从事地下革命的宣传，为此他们"三剑客"还上了国民党的黑名单遭到通缉……

玩文学而不忘革命，这就是当年他们几个年轻人的梦想。那时，已是共产党人的冯雪峰也和他们关系密切。一次戴望舒、杜衡和施蛰存正在松江老家"避风头"，不料接到冯雪峰的北京来信，说他有一个"窑姐"要赎身，想借四百元钱，打算带她一同南下。施、戴得信后很疑惑，没想到雪峰竟也会有此"浪漫故事"。他们当时囊中也没几个钱，但一想到不能不救朋友于"火坑"中，施蛰存只得立刻四处筹钱，匆忙凑得四百元汇去后，果然没多日冯雪峰来到了上海，但身边并没有带什么"窑姐"。原来是冯要帮助几个被通缉的革命青年离京，不便明说才编了个所谓"窑姐赎身"的故事。现回忆起来，也不啻为一则令人发笑的文坛佳话了。

　　自那以后几年，冯雪峰住在虹口，而施蛰存恰好也在虹口和刘呐鸥、戴望舒办书店，于是，他们走得更近了。

　　说起施蛰存与虹口的渊源，主要是在一九二八年至一九三一年期间，他和朋友在虹口先后办了三个书店的故事。那时自日本回来的刘呐鸥，住在虹口江湾路六三花园旁弄堂内的一幢单间三楼小洋房里，戴望舒和施蛰存也经常去玩并住在那。年轻人闲来无事，除了游泳、跳舞、看电影之外，他们就聊聊文学。一天，刘呐鸥突然提议，由他来当老板，办一本同人刊物再开一家书店吧。过去所谓的书店，还兼有小出版社的功能。可以卖书，也可以出版杂志或丛书。提议获肯后说干就干，于是他们在四川北路、西宝兴路口开了一家只有一间店堂的"第一线书店"，招牌也是刘呐鸥自己所写，自左至右横写的宋体美术字。而出版的刊物，由于他们并无严格的定位，只是随着各自的兴趣，写什么文章就登什么文章，所以刊名就叫《无轨列车》。那时鲁迅和茅盾等都住在离他们不远的景云里，冯雪峰经常过访了景云里之后再顺便到刘呐鸥处闲聊，他们也向雪峰求稿，于是《无轨列车》的创刊号上，就有了冯雪峰的那篇《论革命和知识阶级》。施蛰存后来回忆说，《无轨列车》一共印行了八期，大约雪峰的这篇，算是最重要的一篇文章了。

然而，第一线书店开张了没几天，就有警察前来查问，由于没申请登记也无背景，结果只一个多月就被警察以"有宣传赤化嫌疑"而"暂停营业"了。

几个年轻人不甘心，接下去他们在北四川路海宁路口的公益坊，又开了第二家也是后来颇有名气的水沫书店。这次他们吸取上次教训，不再设门市部了。只是在公益坊内租了一幢单开间二楼石库门房屋，楼上前间是办公室，后间则给两个跑腿学生做卧室；楼下前间是营业室，兼堆存印书纸，后间则给帮他们做后勤杂务兼管做饭的宁波夫妇当卧室。起初，施蛰存还在松江教书，他总是星期六下午过来，星期一再早车回松江。后来水沫书店要出版的书日渐增多，戴望舒忙不过来，遂要求施蛰存和杜衡全力以赴。于是，施蛰存只得辞去了松江教职，带着新婚妻子一同来到了市区虹口，他们和杜衡夫妇一起合租在东横浜路的大兴坊五号，一幢一楼一底和一间亭子间的房子，施蛰存夫妇就住在亭子间里。这里距水沫书店不远，与景云里更近，就是贴隔壁的一条弄堂。

在水沫书店的两年，也是他们出版事业最热闹红火的两年。当时许多前辈或同辈作家，都到过他们店里，或闲谈或联系稿件，如徐霞村、姚蓬子、钱君匋、谢旦如、胡也频、丁玲等等。当然，来得最多的仍是冯雪峰。因雪峰的关系，鲁迅也推荐了柔石的一部中篇小说交由水沫书店出版。后来还是由雪峰牵线，拟请鲁迅来主编一套介绍马克思主义文艺理论的丛书，鲁迅闻之欣然应诺，只是说不宜出面任主编，但亲自策划拟定十二种选目，并承担其中四本书的译事。后因时局变化，"丛书"遭禁而没能出齐（鲁迅译的《文艺与批评》几经曲折还是顺利出版），但水沫书店当时的市面之大，以及和鲁迅先生的愉快合作还是可见一斑的。

水沫书店出版的书籍一直被当局视为"赤化"读物，

经过两年的兴旺期后，迫于内忧外患的压力，他们不得不自行关门歇业，不久在原址又换了一块招牌，把水沫书店改成了东华书店。本想改变出版方向，然而没多时即遭遇淞沪抗日战争，北四川路秩序大乱，老板刘呐鸥自己也无心开店，狼狈地迁入法租界，其出版计划自然也就流产了。

现在人们提起施蛰存，总不会忘记他在一九三三年为了"青年必读书"，与鲁迅的一场著名"笔仗"之事。那时施蛰存年轻气盛，意气用事，后被鲁迅斥为"洋场恶少"。其实文人"干仗"的事本也没什么，但实在是因鲁迅的名气太大了，以致于与鲁迅的有关事件都被"放大"，故"洋场恶少"之名也就伴随了施蛰存许多年。不过，施蛰存对此很是淡然，并不以此就和鲁迅"交恶"。其实就在"笔战"前几个月，鲁迅的那篇千古名作《为了忘却的纪念》，没人敢发，正是施蛰存拿来刊发在自己主编的《现代》杂志上。而在"笔战"后的将近七十年时间中，施蛰存虽曾被鲁迅误解而为此历尽艰难，但他也没有在任何文章里对鲁迅稍涉不敬，相反还多次撰写诗文纪念这位文坛的巨人。

　　当然，尊敬归尊敬，调侃的话还是要说。施蛰存曾说自己从一九二八年至一九三七年混迹文场，无所得益，所得者惟鲁迅所赐"洋场恶少"一名，足以"遗臭万年"。故戏改杜牧诗句而记之，曰：十年一觉文坛梦，赢得洋场恶少名。

南社的"朋友圈"

人到一处，通常总喜欢问问有什么好看之景？或有什么可尝之鲜？景色佳肴，人之所好也。我想，古人所谓"食色，性也"，若将"食色"释为吃的和看的，恐也一样成理。常听人于吃看享受之后而喟叹"大饱口福"或"大饱眼福"，可见两者需求之"大"，是不容忽视的，就人生乐趣而言，这也算基本的"福利"，谁能免俗？

不过我或许与人稍有不同，"食色"之外，我还有个"追星"之好。故凡经一地，总不忘打听这里有过哪些名人？若恰好遇上久慕心仪者，就想进一步瞻仰一下名人故居，浏览一下曾经滋养过名人的山川风物。如此心理，似乎已不仅仅是"吃了美味鸡蛋就想认识母鸡"，而是顺带连鸡窝及其周边环境都想见识一下了。

上海西南角有个张堰镇，虽古今名人出了不少，但却十分低调，长期养在深闺，以至与沪上的四大名镇，知名度简直无法并论。其实一样的千年古镇，比起南翔朱家角，张堰还真是不遑多让。相传早在汉时，留侯张良就曾隐居于此，故张堰又有留溪和张溪之别称。唐代为御海潮，有华亭十八堰，其中之一为张泾堰，于是镇袭堰名。当然，太遥远的传说不必细述，要说的是近百年前，在文人圈内影响甚大的南社，几乎无人不晓，而南社的"朋友圈"内，有好多"骨干"，皆来自金山的张堰镇。

说起南社，人们自然则想到柳亚子。因为一九〇九年南社成立时柳亚子任书记，此或相当于"当家"，再说也确实是柳亚子后来的名气最大。然而，南社的创始人鼎足有三，除了柳之外，还有同里的陈去病，张堰的高天梅。高天梅名高旭，善于饮酒长于雄辩，捉笔为诗，立马可就。今天的张堰镇上，还存有高天梅的故址：牛桥河边一条幽静的小路，有一长排古旧的围墙，在一石砌的门楣上，仍保留着当年所镌刻的四个篆书"万梅花庐"，这便是高天梅的斋号，如今楼虽不存，但树木宛在，院落依然，巍峨高大的树冠探出墙外，仍依稀透露出昔时大宅深院之盛景。张堰镇还有一位被誉为"江南三大儒"之一的高吹万先生，也是南社耆宿，家近张堰的秦山，占地十亩，自颜其居为闲闲山庄，盖取自诗经"桑者闲闲"意。据说吹万先生好客，有孔北海之风，四方文朋诗友到他山庄，他总是鸡黍款留，下榻旬月无妨。当年南社社友黄宾虹就曾在闲闲山庄盘桓数日，还画了《闲闲山庄图》，并题诗曰："青浮螺影指秦山，天外烟霞夕照殷。记得山庄堪入画，至今桑者自闲闲。"

其实高吹万和高天梅是叔侄关系，但年龄相仿，叔侄俩儿时便一同玩耍，拜同一塾师读书，天梅反还年长吹万一岁。在南社时，吹万、天梅与柳亚子都极熟稔，诗酒唱还，形同兄弟。而天梅和亚子虽为同学，但两人却各有自负的文人脾性，写诗也互不"买账"，因此常因观点相左而争辩，亚子患有口吃，争论不过就哭鼻子，甚或以退出南社相挟。隔日天梅只好再道歉、求和等等。类似的故事朋友圈内经常发生，只要结局和好，它总是一段有趣故事，文人佳话；若是最终闹掰，那么故事则成了"事故"。一九一八年，南社社友因唐宋诗之争，掀起轩然大波，柳亚子使性而再次"掼了纱帽"，声明脱离南社。这次诸友久劝不成，南社一时群龙无首，大有风消云散之虞。结果，又是张堰的姚光继任其事，重揽大局。姚光号石子，乃高吹万之外甥，南社成立时，他即是最年轻的骨干成员之一。故南社的主政者，所谓"前有柳亚子，后有姚石子"，这南社"二子"，对于南社的创设与持续，都是功不可没的。

如今张堰镇新建路的一三〇号，便是姚光的故居，现辟为南社纪念馆，三进二层的传统楼房，粉墙黛瓦，庭院回廊，皆已修葺恢复旧观。那天我在姚光幼子、年逾古稀的姚昆遗先生陪同下，专程来到了金山张堰镇，瞻仰了南社纪念馆。馆长姚昆渝，也是姚家之后裔，他对故居的一砖一瓦、一草一木如数家珍，几年前为了修建纪念馆，姚馆长四处奔波寻访，搜集遗物，尽力使故居的碑额楹柱，一仍其旧。这套故居宅院初建于光绪六年（一八八〇年），后翻修于一九三〇年，宅内有"怀旧楼"、"自在室"、"古欢堂"等，皆为姚石子当年潜修读书之处。姚石子诗文之余，尤注重于古代典籍及乡邦文献的收藏与整理，辑刊有《金山艺文志》《金山诗文征》《松江郡人遗诗》等多种。他待人宽厚，重义轻财，亲朋有急告贷，总是倾囊相助，即便久借不还，他也从不索讨。后移居沪上巨鹿路，检理什物时，借券已有满满一篓，他索性默默付之一炬，再也不提。姚石子身后留下藏书四万余册，其中不乏珍稀善本和孤本，还有金石碑版图录等，子女们秉承家教，待新中国成立，将诸多珍籍悉数捐献予上海文物保管会，为此还获得了陈毅市长的嘉奖。

张堰镇的高、姚两大家族，世代书香，文人辈出。当时的南社，是精英人士集聚的文化团体，高家一门就有九位社员。前些年诺贝尔物理学奖获得者高锟，即是高吹万之嫡孙。那天我在姚馆长的带领下，还寻访了张堰镇上又一位南社社员、著名文人书画家白蕉的故址：新尚路十六弄二号，然房屋陈旧，杂草断垣，已很难想象这里曾是"'二王'书法当今第一人"的白蕉旧居……沧桑岁月，物是人非，但地处一隅的小小张堰镇，有如此丰富的文人渊源，依然让我震撼。昔时所谓"山因水转，地因人传"，如果加以挖掘、整合并利用，我想，张堰仅仅就南社"朋友圈"的主题，就足以引来"点赞"无数的。

"云间二雏"与柳亚子的文字缘

百年前的南社，文人荟萃，天下独步。虽说南社作为一个民间的诗人团体，前后也不过活跃了十数年，但其在文坛乃至政坛上的影响之巨，可谓一时无两。之所以如此，其实关键还是名人的效应，精英的力量。南社的名人太多，几乎囊括南北，如柳亚子、黄宾虹、于右任、李叔同这样的文坛"一线人物"，至今仍让人耳熟能详，而更多的文人，尽管当年也算得上一时俊杰，但随着百年的风云变幻，皆烟消云散矣。唐诗言"无情最是台城柳，依旧烟笼十里堤"，时间的残酷与无情，谁又能经得住它的涤荡呢？

在南社文人中，松江姚鹓雏如今提起他的文章已不多矣。要论他的名气虽难敌"一线"柳亚子等，但其文采风流，早在民国初始，就已叱咤文坛，诗词小说皆闻名一时。相比之云间名流程十发、白蕉、施蛰存而言，姚鹓雏先生自然可称前辈了，白蕉每每函札尽处，落款前必署上"晚"字以示恭敬。"鹓雏"这名很有点奇特，庄子秋水篇有关于"鹓雏"的故事，说它志向高洁，是一种"非梧桐不栖、非醴泉不饮"的神鸟。当时南社还有一位朱鸳雏，名字极易与姚鹓雏混淆，两人名中皆含一"雏"字，故有"云间二雏"之称。朱氏年轻，鸳雏从鹓雏游，两人笔墨论交，并有《二雏余墨》刊印行世。十分可惜的是，这位朱鸳雏非常短命，年仅二十多岁就因病下世了。即使生命如此短暂，但他在南社时，还是和"盟主"柳亚子闹了一场不小的纠纷，这场纠纷的起源，说起来与"二雏"都有关联。

许多人都知道，南社的由盛而衰，往简单里说，主要是内部的唐宋诗之争。起先只是观点的不一，继而起了纷争，再于报刊上写诗撰文，由辩论发展成攻讦谩骂，最终酿成水火不容之矛盾。柳亚子是诗人，爱憎分明，意气用事。他崇尚唐音，于诗喜欢龚定庵，可是他时时不忘自己的"盟主"地位，容不得他人宗法宋诗，喜欢黄山谷，仰慕同光体。一九一六年一月，先是姚鹓雏在《民国日报》上连载诗话，大谈同光体之优，柳亚子看不惯了，则以诗回敬，极力贬低同光体所尊崇的江西诗派。结果，先冒出个留洋归来的胡先骕，后又有松江籍年轻诗人闻野鹤、朱鸳雏，纷纷出来写诗撰文，与柳亚子论战。随着论战不断升级，措辞几成恶意攻击了。姚鹓雏怕事情闹大影响了南社，自己则成"南社罪人"，便写诗来调和。此时亚子正战得兴起，哪里拦得住？并写诗骂鹓雏是"罪魁"。后来，《民国日报》的老板叶楚伧眼看副刊成了互相骂来骂去的阵地，成何体统？为了平息事端，便压下闻野鹤、朱鸳雏的诗不再刊登。但朱鸳雏年轻气盛，岂肯善罢甘休，故又在吴稚晖主编的《中华新报》另辟战场，继续酣战。柳亚子被激怒了，终于拟出一份布告刊登在《民国日报》上，他以南社主任的名义，开除朱鸳雏南社社籍；孰料《民国日报》的副刊编辑成舍我不买账，认为"诗宗何派，任人自由，干涉之者必反对之。"故他也跳出来号召其他南社社员应将柳亚子驱逐出社。于是，柳亚子在已经印好尚未发行的《南社丛刻》二十集中，又夹印了传单，将成舍我也一样驱逐出南社了……

事至此，已难以收拾了。南社因此亦元气大伤，柳亚子心灰意冷，不久便辞去了主任一职。将近二十年后，柳亚子撰文专门回忆了这一段内讧纷争，并对自己驱逐朱鸳雏一事十分后悔。然而柳亚子写这篇文章时，朱鸳雏早已埋骨黄土，斯人已去，恩怨归零，这一场由姚鹓雏引起的"纷争"，终于因朱鸳雏的离去而彻底平息了。

文人间的论战，若是不伤元气，待平静时终还是可修复如初。柳亚子和姚鹓雏订交四十来年，虽也有过观点不一之时，但毕竟未伤和气，仍为莫逆之交。如下为一九五〇年姚鹓雏致柳亚子的一封信，此信现藏于上海档案馆，我查阅二〇〇九年上海古籍版的《姚鹓雏文集》中，虽有致柳亚子的书信，但未见此札。

亚子我兄社长左右：

违异来久，音问中绝。夐夐踽踽，如在空谷。孤僻之甚，亦自怪也。曩岁游从之欢，时复驰溯，止应天上，世短意多。情殷迹邈，而下走衰病荒落，学业不立，恧对故人，以是濡滞，懒于自通，惟仁者矜宥而已。自去岁来屏居沪渎，稍理故业，而客游卅余年，立锥无地，行年六十，体气已衰，幸精力尚强，写作未倦，或可藉是自效于新民主主义之世，服务群众，免为寄生。迩者，沪市成立文物管理委员会，搜集载籍已过十万，其他器物称是，爰有扩充为图书、博物两馆之议，友人有柳翼谋、沈尹默、汪旭初皆已罗致，颇谓如走亦勉可滥竽，独无为推挽于陈市长者，柳、沈诸君不便自中发之，用是踟蹰耳。从者雅意，故旧在远不遗，能否为我通一书于市长，提名作介。廿年睽违，甫一通问，便作此诿諈，无任惭疚，惠子知我，倘勿责邪！走顷以人民代表会议事来松江，匪久即去沪。如荷赐答，寄上海山阴路文华别墅十八号为便。专承近祺！

弟姚鹓雏顿首　六月十三日

新中国成立，柳亚子作为著名的民主人士当选为中央人民政府委员，并时常受到毛泽东主席的赐宴，诗酒往还，待若上宾。而姚鹓雏在民国时，涉笔之余虽也偶有从政经历，然如今"客游卅余年，立锥无地，行年六十，体气已衰"，相比之下，与柳亚子的"高高在上"实在差太远。姚写此信之目的，就是闻听上海新成立的"文管会"正罗织人才，友人柳诒徵、沈尹默等都已在内，想托柳亚子给陈毅市长作个推荐，趁自己精力尚强，也好为新社会做点事。

这封信四百字不到，墨笔正楷写于两页花笺上。姚鹓雏诗文书法俱佳，他的字无论手稿对联，均儒雅秀逸。大字楷法清健自然，而一些尺牍翰札，则笔致内敛，尽得董香光、刘石庵书风之妙。通常的诗稿墨迹，姚鹓雏以行楷书见长，写得颇轻松闲适。而这封书信则相对"紧"了一些，也许此信毕竟是央托他人办事，字迹当以工整简洁为宜，所以一手恭楷也难免稍有拘谨。这与柳亚子的狂放实在不同，我见过柳亚子的书法诗稿和信札，每每皆有"匆匆不暇草书"之叹，若无释文，其不按规矩之草法，实难以识读。我想，若以狂草写信求人办事，那一定是自找活该，其成功率恐怕很难保证了。

姚鹓雏此信发出，柳亚子如何答覆我尚未查考，但据《姚鹓雏年表》所载：建国后，由柳亚子推荐，姚鹓雏受聘为上海文物保管委员会委员；又一九五○年十月十三日，柳亚子抵沪，陈毅市长在百老汇大楼设宴，姚亦应邀出席。会后，由柳亚子推荐，陈毅市长任命，姚鹓雏出任松江县副县长。

由此可见，柳亚子接信后没有敷衍，不仅鼎力推荐并且还圆满落实。姚鹓雏曾有诗代简致柳亚子说"卅载文字因缘在"，看来诚非虚言。柳亚子一九五○年有《红桑一首用姚鹓雏韵》，其中"红桑黄竹几番更，卌载难忘盟社情"，也许就是写于那一段时期。数十年之后，南社文人都已星散，然而那一段文字因缘、那一段文人情怀，却是难以褪尽的。

张充和："我这辈子就是玩"

一百零二岁的张充和在美国仙逝，引起微信朋友圈里一片怀念。张家四姐妹曾被誉为"最后的闺秀"，无可奈何花落去，如今也都一一凋零了。

所谓"张家四姐妹"，即张元和、张允和、张兆和、张充和。她们出身乃安徽合肥的官宦世家，曾祖是晚清名臣张树声（淮军二号人物）。祖父张华奎，光绪十五年进士，官至按察使。父亲张冀牖，受西式思想影响，是民国期间开明教育家，在苏州创办乐益女中，倡导新式教育，与蔡元培先生也有交往。张家四姐妹可谓个个兰心蕙质、才华横溢。好像叶圣陶曾说过，谁娶了张家四姐妹，都会幸福一辈子。

后来四姐妹所嫁的皆为名人：老大元和嫁给昆曲名角顾传玠；老二允和嫁给语言文字学家周有光；老三兆和嫁给文学家沈从文；老四充和则嫁给了德裔美籍汉学家傅汉思。尽管四姐妹皆可被称为"一代才女"，有的精于诗词格律，有的通晓英语文学，但要说传统文化功力最深，才艺最广而又最具艺术气质的，倒还是小妹张充和。

张充和，三岁始读唐诗，五岁起练书法，据说百岁高龄时还能每天写字。她儿时长期随祖母住在合肥老家，祖母学问很好，擅诗词，所以张充和从小即受祖母的熏陶，遍读《史记》《汉书》《诗经》等经典。至十六岁时，她才回到苏州九如巷的父亲家中，和三位姐姐一起生活。十多年前，我读二姐张允和《最后的闺秀》一书，书中写到那时小妹刚来，她们还常常笑话她，后来才发觉，小妹的诗词国学，却是她们中间最好的。十九岁张充和考北京大学，由于在私塾从来没学过数学，结果数学考了零分，而国文却考了满分。后虽被破格录取，但时任国文系主任的胡适却对她说："你的数学不大好，要好好补！"那时她心想：都考进来了，还补个啥呀？因当时学文科的进了大学就再不用学数学，胡先生那是在向我打官腔吧！

不过张充和在北大三年级时因病而休学，最终未能获得北大的学位。然而当时的北大中文系名流荟萃，系主任胡适，还有著名教授像钱穆、闻一多、刘文典等等，都是亲自授课，使张充和在那一段的学习期间受益良多。后来抗战时期，张充和随沈从文一家辗转西南，先后在昆明、重庆，于教育部属下谋得一份编辑工作，又结识了朱自清、唐兰、马衡、梅贻琦、章士钊、沈尹默等前辈。当时，许多沦陷区的文化人士先后来到重庆，使重庆成为后方的一个文化中心。在重庆的文化界中，有不少诗人、书法家和画家，文艺活动相当活跃。也就是在此期间，张充和与不少文化人有诗词翰墨往还，并有幸向沈尹默先生请教书法。现在有许多介绍文章都直接把张充和说成是沈尹默的入室弟子，似乎在重庆时张充和正式拜了沈尹默为师，这好像不太确切。据张充和自己回忆说："在重庆的时候，飞机常常来轰炸。其实我一年看不到他（沈尹默）几次，他就告诉我，你应该写什么帖。我去沈尹默那儿，一共没有多少次。他对我的影响，就是让我把眼界放宽了。"

据说张充和第一次到沈尹默先生处，先生看了她的字后，评点其为"明人学晋人书"，后建议她多研习汉碑、墓志书法。我们今天看张充和的书法，无论楷书、隶书，还是章草今草，其用笔厚实，结体方峻，想必也是受到汉魏书法的滋养。她的字气息静穆，看似端庄秀逸，然不失古雅淳厚，人所谓"古色今香"，大致不差也。

上世纪四十年代，张充和还只是个二三十岁的女青年，工诗词，擅书画，通音律，能唱昆曲善吹玉笛，如此多才多艺，又加上她为人端庄大方，热情开朗，因此在重庆文化界有着很好的人缘，深得长辈学者们的喜欢。与之诗词书画唱和的如沈尹默、章士钊、乔大壮、潘伯鹰、汪东等，皆一时之名流。譬如有一次章士钊给她的赠诗中，就有"文姬流落于谁事，十八胡笳只自怜"之句，把她比作东汉末年的才女蔡文姬。但当时张充和对此"文姬流落"的比喻很不喜欢，此事直等到多年以后，张充和嫁给了傅汉思，并远居美国，她才自我解嘲地说：还是章先生有远见，他说对了。我嫁了老外，不就是嫁了"胡人"么？

张充和就是这样的随和大度。向她求书索画，她总能让人满意而归。不仅自己的书法，甚至收藏的名人尺牍或字画，她也常常分送同好。五十年代末在美国，张充和曾有一段时期在加州大学图书馆工作，那时胡适恰在美国，也常去她那里写字。所以张充和藏有不少胡适的墨迹手稿，但多少年来她也送出不少。最出名的是上海的黄裳，八十年代与张充和曾提起自己以前有过一张胡适的字，后来忍痛毁掉了。不料此语让张充和动了恻隐之心，回美后就将自己珍藏的一幅胡适手迹《清江引》，加了几句题跋，慨赠于黄裳。我认识一位南京的前辈编辑、作家张昌华先生，也和张充和有过交往，张充和知道他喜欢民国文人，尤爱胡适书法。某年春节，便突然寄他一封邮件，张昌华打开一看，竟是半幅胡适的字，大喜过望！又见诗后有一段小跋："这残片是一九五六年十二月九日适之先生在我家中写的，因墨污所以丢在废纸篓中，我拣起收藏已近五十年，今赠昌华聊胜于伪，充和。"

熟悉张充和先生的人，都知道她的心态好极，一切淡看。她常说的一句话就是："我这辈子就是玩。"不论是诗词书画还是昆曲文章，她说只要高兴就行，潇潇洒洒过一生，完了就完了，并不要什么传世。其实，做学问搞艺术，何尝不也是如此？

也谈"当湖"李叔同

　　偶然于晚报上读了同道王琪森先生写的一篇关于平湖李叔同纪念馆的文章，文中提到李叔同的祖籍，王文说"原先我一直以为他是天津人"，后来在纪念馆看到了李叔同的两方印："当湖惜霜"和"平湖后生"后，"方知他祖籍是杏花春雨江南的平湖"。当湖，平湖之旧称也，李叔同确实多次以"当湖某某"自称，于是，好多文章乃至史料在介绍李叔同的籍贯时，都坐实将李先生定为浙江平湖人。我想，这大概都是未知个中原委而带来的错觉。若是按我们传统对籍贯的定位，即指一个人的祖居或出生之地，那末，李叔同一直就应是天津人。

关于李叔同的"平湖人"之说，最主要的依据，即是指李叔同二十三岁（一九〇二年）那年应浙江乡试填籍贯记录时，他自署为"嘉兴府平湖县监生李广平"。而此也并非李叔同偶尔率性之书，据有文字记载，最早李叔同以"当湖"自称的应是十七岁，那时他还未到上海，在老家随天津名师唐静岩先生学书法篆刻，在唐师一本书法册页的封面上，李叔同以篆书题签"唐静岩司马真迹"，落款几个楷字则是"当湖李成蹊署"。成蹊也是叔同的别号，他姓李，故取"桃李不言，下自成蹊"之意。除此外，李叔同还多次以"当湖"或"平湖"自称，包括题字落款和印章等，以致世人都以为李叔同的原籍是平湖，而非天津。但一九八八年，李叔同的侄孙女李孟娟发表一篇《弘一法师的旧家》的文章，说李家的祖上乃从山西迁至天津的，老祖坟地在津北就埋了好几代了，曾祖李筱楼（李叔同父亲）当年参加清同治四年会试中了进士的档案上也是记着"直隶天津府"。意思是即使向上溯源的话，祖籍即便不是天津也可能是山西，而不是浙江平湖。

那么，既然不是天津就应该是山西，而李叔同为何总又一再强调"当湖"呢？这个还是要从李叔同的身世说起。

李叔同的父亲李筱楼共有四位夫人，他与最后一位王夫人生下李叔同时，自己已经六十八岁了，在叔同才五岁时父亲便去世了。从此，幼年的叔同便由大他十二岁的兄长督教。由于李家是大户人家，哥哥怕弟弟不成大器，怀着不辱门庭的责任感，故对弟弟不苟言笑，且督教甚严，这对幼年叔同的心理带来很大影响。加之李叔同的母亲是侧室，孤儿寡母在大家庭中颇受排挤，这也使李叔同从小就养成了冷峻、孤傲和为母亲争气的性格。我们都知道李叔同非常同情自己的母亲，长期以来始终与母亲相依为命，后来他离开津门来到上海，也携妻奉母，直至母亲逝世，他又扶棺北上，于天津丧事料理后则带着悲痛东渡日本留学去了。

前些年，我随刘雪阳先生也曾瞻仰参观了平湖李叔同纪念馆。雪阳老是已故音乐教育家刘质平的长子，众所周知，李叔同与刘质平可谓"谊为师生、情同父子"，雪阳老耳濡目染，从父亲那也了解到许多大师所鲜为人知的故事。那天我们也曾谈到李叔同"当湖"籍的话题，雪阳老告诉我说，李叔同是个特立独行的人，他做任何事都有自己的想法。平湖实乃他生母的原籍，因为同情母亲，也是出于纪念自己的生身之母，所以他就一直以平湖来作为自己的祖籍。

雪阳老人这番释疑，基本为我们解开了李叔同"当湖"之谜。但此仅为"一说"而已，能否就此确定？最近我在另一本资料上，又读到了一段可相互参证的文字。西泠印社于一九一三年举行正式成立大会时，同在杭州浙江一师执教的李叔同也申请入社。他在一份申请书上有一段自撰的《哀公传》："当湖王布衣，旧姓李，入世三十四年，凡易其名字四十余，其最著者：曰叔同、曰息霜、曰圹庐老人。富于雅趣，工书、嗜篆刻，少为纨绔子，中年丧母，病狂。居恒郁郁有所思。生谥哀公。"李叔同因中年丧母，故自号"哀公"。或许令人生惑的是，明明是天津的"李三爷"，为何文中又成了"当湖王

47

布衣"？这正是因为其生母姓王，所以他不仅将籍贯跟了母亲，甚至连自己的姓也改由母姓了，只承认是"旧姓李"。我以为此也是叔同弃天津李家而以"当湖"王家人自称的又一佐证。至于李叔同后来出家遁入佛门，虽说有着夏丏尊先生的"助缘"，但其实这都和他的身世性格，有着难以言说的因果关联罢。

陕西南路·长乐邨·日月楼

　　每天上班的路上，我几乎都要经过一段陕西南路。在由南向北接近长乐路时，有几排西班牙式的住宅弄堂映现其右，这一块花园小区就是陕西南路的"长乐邨"。以前我每每瞥见它，就会想起丰子恺曾有的一张经典照片：站在弄口的他长髯飘拂，戴一副圆形的黑框眼镜，脸上似乎挂着一点笑，但神情是那样的纯净、仁慈、和善，而且，气质上又显得非常的超脱，大有风神潇散之致。

　　在上海，陕西南路大概还算不上是一条很有特色的路。与周边的几条相比，论繁华热闹，她不及淮海中路；

说诗意优雅，她不及茂名南路；倘若要讲舒适幽静，她又略逊于西边那短短的东湖路了。然而那些繁华和优雅，其实在我的心里都无甚紧要，由于丰子恺先生之缘，陕西南路这一段，就美妙得不一般了。每次经过时，我都会放慢速度，透过栅栏内影影绰绰的身影，期待着一种与大师邂逅的幻觉。

丰子恺是一位开朗随缘、豁达善良的人，自从一九五四年九月迁居至此后，他的晚年于是便留在了这里。据说此地原属德国侨民的乡村俱乐部，第一次世界大战爆发后，又归法租界管辖，名为凡尔登花园。直至今天，我们依然可见临街有一家酒吧挂着"凡尔登"的牌子，想必就是沿袭了花园旧名。丰子恺居住的也是临近路边的一幢：三十九弄九十三号。从建筑外观看，这几排西式里弄的格局一仍其旧，似乎还是能依稀感觉到当年的旧景。院子前花木扶疏，环境幽然；二楼的朝南窗有个小阳台，阳台外观呈三角形凸出，并形成房屋中心的尖顶状，轻巧而美观。丰子恺的书房就在二楼的南窗内，白天可坐拥阳光，夜晚则穿牖望月，所以他将自己的书房命名为：日月楼。后来，著名学者马一浮，也是丰子恺非常敬重的一位先生还专门为他的日月楼写了一副对联：星河界里星河转；日月楼中日月长。

然而，从一九五四年至一九七五年，日月楼中的日月对丰子恺来说，并不悠长。本想于此安度余生日月的他，却不料遭受了一场"文革"大劫难，应该说这是一场袭向他生命暮年的劫难，比之他中年时所经受的战乱流亡，在心灵上则更受摧残。

"文革"祸起，丰子恺的散文和漫画，尽被无理解读，《阿咪》一文中的一句"猫伯伯"，被斥为影射伟大领袖；《昨日豆花棚下过，忽然迎面好风吹》一画，被说是欢迎蒋匪反攻大陆；明明是歌颂和平的漫画《炮弹作花瓶，人世无战争》，却被反诬是迎合日本帝国主义和国民党反动派……一切都是那么的荒谬之至，一切又是那么的不容申辩。于是，"反动学术权威"、"反革命黑画家"、"反共老手"等等莫须有罪名，统统加在了丰子恺的头上，甚至，丰还成为上海市十大重点批斗对象之一。

已经年届古稀的丰子恺，被作为"批斗对象"，每天都必须到画院"鞠躬请罪",并还要接受"监督劳动",扫地、擦玻璃窗等。据漫画家张乐平回忆,身为美协主席的丰子恺,每次在批斗中总是首当其冲,胸前挂着"打倒×××"牌子,被强行按着坐"喷气式飞机",而张乐平和沈柔坚当时作为美协副主席则轮流"陪斗"。忽有一次在批斗会上,张乐平突然被当成了"主角",后发现原来是胸前弄错成一块"打倒丰子恺"的挂牌……批斗会完,丰、张、沈三人私下还以此当作笑谈。

尽管遭受不断的凌辱,但具有佛性文心的丰子恺却处之泰然,始终未有消沉。一次在画院中,被冲入的一批造反派蛮横地拉到草坪上"示众",并粗暴地将一桶热糨糊倾倒在丰先生的后背上,再贴上大字报……然而,在外受了再大的屈辱,丰先生也是独自承受。为了怕家人难受,为了不让孩子们担惊受怕,每天回家,他总是保持原来的精神,照常喝酒,照常晚上八九点钟入睡,早晨四五点钟起床,利用那一段无人干扰的时间,读书、写字、画画,沉浸在他自己的精神世界中……

丰子恺曾经对人生有过非常精妙的"三层楼"之析,

他说人生好比爬楼，第一层是物质生活；第二层是精神生活，譬如文学艺术之类；第三层才是灵魂生活，即是所谓的宗教了。一般的懒得爬楼的人，就住在一层，享受锦衣玉食，孝子贤孙，也就满足了；脚力好的，会爬到二层楼去欣赏，去游玩；再不满足，就要登上三层楼探求人生之究竟了。因为这类人认为财产子孙不过身外之物，学术文艺也只是暂时美景……所以，这就是宗教徒了。丰子恺认为他的老师、弘一法师便是这样一层一层爬上三层楼的，而他本人"脚力"差些，故惭愧地停留在了二层楼，有时只是朝三层楼望望而已。

九十三号的日月楼果然也是在二层楼上。不过具有苦涩意味的是，"文革"期间的丰子恺不仅身心遭受摧残，而所住的日月楼也被造反派强行占去了大半，本来只是想向三层楼望望的丰子恺，却被无奈地逼至三层楼一隅栖居了。

……

在陕西南路的日月楼，丰子恺曾有过无忧无虑的欢欣，也有过无边无尽的茫然。每当想起文心锦绣、满腹诗才的先生，在晚年却经历了那么多辛酸之事，总不禁要生出无助的唏嘘和喟叹！

九十年代初，我曾专程去拜谒过桐乡石门湾的丰子恺故居——缘缘堂，然而同在一域的日月楼，当时虽天天走过，却从未履及。记得有一天傍晚，再次经过陕西南路时，我实在忍不住，就拐进三十九弄转了一圈，感受一下先贤踏过的花园、小径。在星月下我依稀看见九十三号的门牌，只见左旁的一块小木牌上写着：

爱国艺术家

丰子恺

一九五四年

那天的我未敢叩门，怕打破心中固有的神秘。或许门内住的是谁对我已不重要，而在我的心里，在陕西南路，就仅仅是门旁的这块小木牌，已给我留下了永远无限的遐想。

赵丹挥毫"后来居上"

应旅日书画家周之江先生之约，我来到他东湖路的寓所喝茶闲聊。恰好电视中在播上海国际电影节的新闻，镜头上出现了回顾经典老电影《十字街头》的画面，看到了屏幕上赵丹的形象，周之江的目光一下被吸引，戛然停顿了我们的原先话题，转而说："一晃就是三十多年了，当年我学书画时，赵丹先生可是给予我极大的帮助啊！"

当电视画面过去，周之江转身到书房翻出几张老照片来，情不自禁地回忆起当年他和赵丹先生的往事——

赵丹早年毕业于上海美术专科学校，书画本就是他的专业，演戏只是爱好，一不留神才成了演艺界的"巨擘"。不过当年，周之江向他讨教的倒总是书画，上世纪七十年代，周之江对书画的爱好正值狂热期，很想能拜一位大名家为师，那时年纪轻不懂事，仗着与赵丹先生熟，就问"现在谁画得最好？"言下之意颇有谁好就拜谁为师的口气，赵丹说黄宾虹、潘天寿都画得很好。周说"可惜他们都过世了呀"。赵丹答道：那只有唐云了！后来周之江很幸运，由黄宗英亲自陪同去叩开了唐云先生的门。所以，能成为大石翁的入室弟子，首先得感谢赵丹夫妇的引路之恩。

　　周之江说，七十年代时，赵丹名气虽大，生活却相当清苦。有一次先生从奉贤五七干校回来，周之江送了一大碗肉丝菜汤面过去，来到淮海路新康花园的赵家，那是一幢西班牙式的小洋房，赵丹一边兴奋地吃着面，一边苦笑地指着他的住房自我解嘲："侬勿要看我迭额房子派头蛮大，我现在连得买石灰刷墙头的铜钿也呒没啊。"

十年动乱结束后，赵丹的艺术生命获得重生，可是由于身体的状况不佳，给他的时日并不多了。那两年，他重拾年轻时的爱好，泼墨挥毫，创作了不少书画佳作。一次，周之江将自己临摹的《富春江山居图》和书法《智永千字文》带去给他看，他看后连声叫好，马上让之江裁纸磨墨，随即饱蘸浓墨题下了"后来居上"四个大字，并于上款写了"之江弟教政"，谦逊地表示后生可畏，脸上洋溢着青出于蓝的喜悦之情。

　　如今，周之江年逾花甲，也成了国内书画坛上的翘楚，但每每忆及前辈恩师，他总是难掩内心的感激之情。最后，周之江从相册中抽出一张老照片说，这是一九八〇年六月也就是题字的第二年，他与赵丹老师的合影。回想当时情景，仍然历历在目，那天周之江到华东医院探望病中的赵丹，赵对他说："我来日无多，可能只有三个月了，你快去借只照相机来，我们要拍一张。"那年头照相机很稀罕，并非家家都有，周之江费了很大周折，总算借来一架"海鸥牌"，而且当时在室内拍摄人像，非得有闪光灯才行，而外装的闪光灯老是不同步，故又是一番折腾，后还请来了护士帮忙，总算拍下了一张珍贵的合影……果然三个多月后，赵丹终于抵不住病魔的侵扰，带着许多遗憾离开了人世，享年仅六十六岁。可惜，对一位大艺术家而言，六十多岁应该说还是正当年啊。

第二辑

纸上留痕

"三只兔子" 改变历史

照知堂老人的说法，老北大的"卯字号"人物很多。所谓"卯字号"，一是指老北大那时的许多平房按子丑寅卯排列，文科教员预备室的那一溜被称为"卯字号"；二是指出入文科预备室的一批名教授中，有不少属兔的，也可称为"卯字号"，如己卯年的朱希祖、陈独秀，辛卯年的胡适、刘半农和刘文典等。也许范围仅限于文科，故知堂未写另一位重要的"老兔"，那就是老北大掌门、丁卯生的蔡元培先生。胡适不是曾经开玩笑地说过？他说"北大就是由于三只兔子而成名的"。这里的三只

"兔子"，即指蔡元培、陈独秀和胡适自己。

　　说起来，这三只"兔子"实在非同小可。一九一六年底，蔡元培先生从黎元洪手上接受了北京大学校长的聘书，为了改变北大的陈腐局面，蔡先生决定先从文科着手，他几乎是在第一时间，就请来了陈独秀任北大文科学长。随着陈独秀携《新青年》杂志进京，后又请来了留美归来的胡适，于是，"三兔"汇聚。那是一九一七年，蔡元培五十岁，陈独秀三十八岁，胡适之二十六岁，恰巧各大一轮。自此，以北大为中心，以《新青年》为平台，以"三兔"为首领，一场波澜壮阔、影响深远的新文化运动，正式开演……

　　最近，上海市档案馆编辑出版了一部厚厚精装两巨册的《上海市档案馆藏中国近现代名人墨迹》，所选二百余件近现代的名人书札多为首次刊布，其中就有一封陈独秀致蔡元培的信札，写于一九一七年八月九日，信中主要是举荐胡适到北大任职的事，一札涉"三兔"，颇可添谈助。

子民先生赐鉴：

　　前月二十六日手示并演说稿，均已读悉。本月二日书亦收到。书记徐、郑二君，已接谈数次。校中近状，藉以略知。此间报名学生只百余名。工业校校长唐君赴无锡未返，彼曾派书记三人，相助大学招考之事，闻之徐书记去岁招考帮忙，书记只一人，考毕酬劳十五元。此次三人各酬若干，届时再为酌定。独秀因此间尚有琐事料理未清，本月内恐未克动身赴京。

　　顷接尹默兄来书，据云先生日来颇忙，亟需有人相助。鄙意或请胡适之君早日赴京，稍为先生服劳。适之英汉文并佳，文科招生势必认真选择，适之到京，即可令彼督理此事。适之颇有事务才，责任心不在浮筠兄之下，公共心颇富，校中事务先生力有不及，彼所能为者，皆可令彼为之。此时与彼言定者，只每星期授英文六时，将来必不止此（或加诸子哲学，或英文学史，俟独秀到京再为商定）。希与以专任教员之职，聘书可用新章教授名目（月薪二百四十元可矣，惟望自八月份起）。彼到京即住校中（鄙意新落成之寄宿舍，宜多请几位久留欧美、起居勤洁之教员居住其中，以为学生之表率）。先生倘以为然，望即赐一电，以便转电适之，来沪乘车北上。专此敬请

道安！

独秀　上言　　八月九日

陈独秀的书法颇讲究气韵，格也不俗。记得前年有一件陈独秀致陶亢德的两叶信札上拍，最终竟拍出二百三十万的高价，可见书信史料和书法艺术的双重价值，在陈独秀身上都有极高的体现。

然而，上海档案馆这件陈独秀书信墨迹的展现，我以为比书法更重要的，则是这封信的内容。我查了一九八七年由新华出版社出版的《陈独秀书信集》，还有同年十二月安徽人民出版社出版的《独秀文存》，均未见录此信。在二〇〇〇年浙江教育出版社出版的《蔡

元培书信集》中，也未能找到相应的往还书札。可见此信对填补和充实那一段时期的史料，其重大意义不言而喻。正因一九一七年蔡元培请来了陈独秀，而陈独秀举荐了胡适之，所以才有了陈独秀、钱玄同、高一涵、胡适、李大钊、沈尹默六大编辑组成的《新青年》编委会，然后又有了刘半农、周氏兄弟等人的强力加盟。《新青年》提倡文学革命，宣传民主和科学，青年学生受其思想的影响，遂又引发了五四新文化运动……这一连串因果关联，说到底，莫不和老中青"三兔"相关。

陈独秀为人豪爽，待人率真，他引胡适为知己，"自恃神交颇契"。其实早在蔡元培请他任文科学长时，他就推荐了胡适，只因那时胡适尚未归国而已。陈独秀在写这封信时，胡适已经回国，只是还未赴京。信中陈独秀再次向蔡元培鼎力举荐，包括具体到所授课时、薪金待遇等，就是为了给胡适北上做好妥帖安排。信中说适之的"责任心不在浮筠兄之下"，这"浮筠兄"，就是时任北大理科学长的夏元瑮。陈独秀此意，即指胡适来北大，不仅仅只是当一个教授，他还应有更大的作为。当然，胡适到了北大后也不负蔡、陈所望，他开了英国文学、英文修辞学、中国古代哲学三门课，并首创了中国哲学研究所，自任主任。蔡校长给他的薪金比原来陈独秀说的还要高，据胡适十月二十五日给母亲的信中所言："适在此上月所得薪俸为二百六十元，本月加至二百八十元，此为教授最高之薪俸，适初入大学便得此数，不为不多矣。"可见胡适非常的满意自得。

鲁迅先生曾说：假如将韬略比作一间仓库罢，独秀先生的是外面竖一面大旗，大书道："内皆武器，来者小心！"但那门却开着的，里面有几枝枪，几把刀，一目了然，用不着提防。这说明陈独秀此人，表里如一，率真坦直。我们从他的书札墨迹来看，也是用笔洒脱，不拘绳墨，然而气韵格调皆自然而有法度，所谓从心所欲不逾矩也。

万人如海一身藏

　　印家金满叔，实在是个太陌生的名字。我最先读到这一名字，是在台静农先生的一篇《记"文物维护会"与"圆台印社"——兼怀庄慕陵先生二三事》的回忆文章中，说一九二八年他们成立的"圆台印社"，社员仅五人，分别是庄慕陵（尚严）、台静农、常维钧、魏建功、金满叔。

　　五人中除了金满叔外，几乎都是学界赫赫有名的专家。其中，庄慕陵、常维钧、魏建功都是北京大学的毕业生，台静农虽非北大毕业，但他中学后来到北京，即于北大国文系旁听，后又转北大研究所半工半读。"旁听生"那时在北大也是一道特别的"风景"，许多著名人物如毛泽东、沈从文、丁玲、冯雪峰等，都曾有过北大旁听的经历。当年老北大在蔡元培校长的倡导下，主张"无人不当学，亦无时不当学"，只要不影响课堂的正常教学，蔡先生希望人人都可以自由地来旁听，所谓"来者不拒，去者不追"也。金满叔应该也是那时的旁听生，所以他才有机会加入"圆台印社"。

那时成立的北大研究所国学门，沈兼士是主任。国学门下设考古、方言、歌谣、风俗四个研究室，马衡则是考古学研究室主任。至一九二六年前后，几位年轻学子如庄、常、台、魏等都在北大研究所国学门任职并学习，庄尚严、董作宾、常维钧、台静农还分别是考古、方言、歌谣、风俗四个研究室的管理员。魏建功则被聘为研究所国学门助教，跟随刘半农研究语音学。几位有着相同兴趣的年轻人，时常在一起切磋技艺、探究学问。导师如沈兼士、马衡等都是金石学家，在一起谈论最多的无非是汉魏石经、秦汉古印之类，年轻人听得起劲，心血来潮的庄尚严遂提议成立一个印社。起先唤"团城印社"，后听从马衡建议不妨以北海团城的旧称而更名为"圆台印社"。社员除上述几位外，还多出了一位金满叔。估计金满叔当时也在北大研究所旁听或打杂，而年龄更小，故排在最末。其时几位社员热情高涨，台静农、常维钧、魏建功、金满叔皆纷纷奏刀临摹创作，唯有发起人庄尚严，虽精于印学，热衷于古印收藏鉴赏，然而光说不练，从未自己捉刀刻过印。台静农的回忆文章说，所谓的"圆台印社"，成立后是否真正有过几次活动，也很值得怀疑，后因刘半农一篇《北旧》的文章提及，于是便"名以文传"了。我想，不光是刘半农，台静农于上世纪八十年代初所写的这篇文章似乎影响更大，圆台印社本来仅仅只是"灵光一闪"，集会了一次便成绝响，但经"二农"文章一写，反倒"永载史册"了。

台静农先生的文章，对金满叔的身份未作一点描述，他只是说"圆台"几位社友，皆以篆刻为业余之爱好，"惟有金满叔笃守福庵先生法度，抗战时期在江南以此为生……"可见，金满叔先生是他们几人中唯——位始终保持"印人"状态的人，而且其篆刻生涯并不短。然而，我阅读了《近代印人传》《民国篆刻艺术》，查阅了收录民国书画篆刻家甚夥的《近现代金石书画家润例》以及多种关于书法篆刻乃至美术或文学方面的人物词典甚至网络百度等，均找不到有关金满叔的片言只字。这令我心生纳闷：一位年轻时就有北大研究所师从马衡的经历，也有和台静农、魏建功等一起办印社的故事，后又长期治印并以鬻印为业的人，为何如此名不见经传，甚至没有他人的文字提及呢？

这个疑惑在我的脑海里存了好多年，不想近日与印家舒文扬先生一次偶然对话，居然有了"戏剧性"的突破。

在最近一次"海上篆刻学术会"上，我与文扬兄不仅会上相遇，会下还同住一室，于是与之联榻并话、漏夜谈天。当我偶尔提到了一句"金满叔"时，文扬兄立马对我说："你刚提到的金曼叔，我认识！他晚年就住在上海，和我还有过一段不浅的交往。"我诧异万分，也有点兴奋，感觉困扰多年的疑惑一下子就要破解了。原来文扬上世纪七十年代刚到莘庄中学任教时，有一位退休返聘、擅刻印章的金仲坚先生，引起了同样爱好书法、篆刻的青年舒文扬的兴趣，于是两人不仅做了同事，而且还成了忘年之交。

这位金仲坚先生，正是金满叔，后也署金曼叔。大约自一九七八年起一直到一九九八年金先生辞世，文扬与金曼叔先生整整交往了二十年。尽管这二十年中频繁往还，但谈得最多的仍是书法印章方面的艺事，至于身世及其他经历则问之不多（金先生似乎也不愿多说），仅知道金先生一九〇八年出生于北京，早年在北大研究所曾从沈兼士和马衡学习《文字训诂》《金石学概论》，并与台静农等组建"圆台印社"等。金曼叔进入北大研究所的"圈子"时，才十八九岁，年齿最小，可能又是来旁听"打酱油"的，未引起足够的重视也属情理之中。

非常欣喜的是在一九九八年，也就是金曼叔先生人生的最后一年，舒文扬先生将金先生留存的计一百三十四方印拓，利用双色扫描仪手工编制了一册《金曼叔印存》，并写了一篇序文介绍金曼叔先生的印章艺术。若以今天的眼光来看，这一册手制的印谱似乎非常简陋，复印的册数和传播的影响也极其有限，然而它却是弥足珍贵的，填补了印人金曼叔资料上的空白，是读者了解金曼叔其人其印的最全面的也是唯一的材料。

《金曼叔印存》中，金先生有个二三十字的短跋，说"本册所收印稿选自一九二六年以来为师长亲友所刻"，这恰是他在北大研究所随沈、马学习并加入"圆台印社"的时间。印谱中有多方为沈兼士、马衡、刘半农以及常惠、庄尚严、台静农等师友所刻的印鉴，其中庄尚严有五方，沈兼士和台静农各有四方，可知彼此交往之频。印谱中还有两方是为国民党元老李煜瀛（石曾）所刻，分别是朱文"石曾长寿"和满白文"李煜瀛印"。李煜瀛那时是故宫博物院的首任院长，马衡也在故宫博物院任职，金曼叔师从马衡，由此与李院长交结并获青睐也是很有可能的。

金曼叔的印章，大体走的是工整端庄一路，规矩整饬，浑朴自然，这和他师从王福庵、马衡两位先生自然有很大的关联。早年在先生的指导下，摹秦仿汉，用力至勤。"印存"中颇多姓名小章，也许是金先生那一段鬻印生涯所留下的印迹，小印以古玺风格刻之甚多，也不乏蕴藉可喜之作。此外，我还读到了两方金先生的自用闲章，一是"生于燕北寄迹江南"的白文小印，诉说了金先生的身世，也露出了一丝人生无奈；另有一方是苏东坡的诗句"万人如海一身藏"，带有界格的细白文，婉约清丽，雅逸动人。读了金曼叔的篆刻艺术，我认为在民国印坛他至少是一位不应被完全忘却的文人印家。然而，大半个世纪以来，金先生却"大隐隐于市"，藏于万人之海，若无印家舒文扬的这一段神奇交往，谁还能记着他呢？

天行山鬼刻藤印

　　偶然一次读报，看到一篇书摘，摘的是广西师大出版的新书《天涯晚笛——听张充和讲故事》。作者苏炜是张充和的耶鲁晚辈，住得相邻，于是，近水楼台先得月，断断续续记下了"民国时代最后一位才女"张充和的口述人生故事。书中颇多充和老人与前辈师友之交往，我饶有兴趣，但读到有一节是老人回忆闻一多刻图章的事，我有了疑惑。

　　说老人从柜中拿出一枚小小的圆章，章子走过印泥，轻缓小心地撰到纸上，随口说道："这枚章子，还是闻一多给我刻的。"

接着老人又回忆说："闻一多是我的老师，我战前在北大的时候，就上过他的楚辞课。他爱刻图章，知道我在学写字，就刻了这个章子送给我。"

"我接过了老人手上的印章。果真，远看是一种玉质的黄润，掂在手里，才知道是一小截轻细却坚硬的圆藤。印章上，是章草字体的'张充和'三字，似乎还带着先贤的手泽余温。"

按作者在书中对这一枚印章的描述，我以为若非作者的误写，那一定是张充和老人的误记，张冠李戴了。因为这一枚藤印的作者绝非众人皆知的闻一多，而应是语言文字学家魏建功先生。

魏建功字天行，号山鬼，常以"天行山鬼"并称。其虽擅书法印章，但与闻一多相比，魏先生擅印几乎鲜有人知。目下研究民国印人较权威的工具书如香港马国权《近代印人传》和南京孙洵《民国篆刻史》，皆收了清华教授闻一多，却一字未提北大教授魏建功。其实，魏建功治印更有渊源，比起闻先生还真不遑多让。魏建功是古文字学家，书法擅楷书和章草，其楷书学乃师钱玄同，走唐人写经的路子，虽没有钱师的豪放，但却是端庄间见灵动，古茂中含秀逸。至于他的章草，倒也别有一功，虽能看出得"史游"、"皇象"之法乳，但他更多的也是以隶书笔意写行书，有时通篇观赏，一波三折，颇感烂漫天成，不失文人之雅。他的印章则熔甲骨、鼎彝以及秦篆汉隶文字于一炉，并兼取宋元、明清等印风，譬如他常将楷书、草书以及隶书入印，就是汲取了元押一路的风格，饶有古趣。

据记载，魏建功最初热衷于篆刻艺术，是一九二八年。那年北大研究所的几位导师沈兼士、陈垣、马衡、刘半农、徐森玉等发起成立了一个文物维持会，年轻教师如台静农、常维钧、庄尚严、魏建功也积极参与。这些导师多为金石文字学家，在一起聊天时常谈论的是汉魏石经拓片、秦汉古印的搜求等等。年轻教师听了着迷，于是经庄尚严提议，几个年轻人就成立了"圆台印社"，社员是庄尚严、台静农、常维钧、魏建功、金满叔等，并邀请了王福庵、马衡担任印社顾问。马衡为了示范，还现场以秦玺风格刻了一方"圆台印社",后王福庵也刻了一方,并赠了一部自己的原拓印谱,供同人交流观摩。说来有趣,几位社员热情高涨,台静农、常维钧、魏建功纷纷奏刀临摹创作,金满叔甚至后来还专以刻印为生,但唯有发起人庄尚严,虽精于印学,热衷于古印收藏鉴赏,然而于篆刻却光说不练,从未"试水"。

相比之下,魏建功的治印兴趣,则一直持续了十多年。尤其是抗战时魏建功于西南联大蒙自分校任教,此时几乎也是他印章的创作高峰期。在当地,受好友郑天挺的启发,魏建功还开创了一件稀有印材——藤印,为印坛所未闻。这也是我认定那枚"张充和"圆印非闻一多所刻的依据之一,因为闻一多在西南联大时虽亦时常刻印,甚至鬻印换米,但闻一多似乎只刻石印,从未有资料显示他也涉及过刻藤印。而魏建功由于闲时喜为朋友刻杖镌筷以遣兴,那时当地所售的手杖,皆是越南白藤,在镌刻过程中,魏建功发现这越南白藤,其断面似桃形,径可盈寸,细腻而多棕眼,于是他便将藤杖一段段锯开,在其断面上奏刀,不料刻成后大受欢迎,魏建功也为自己开创了一件新印材而得意，兴之所至，频频治印送人，别具情趣。一九三九年"七七"，为纪念抗战二周年，联大教授举行书法义卖活动，魏建功则以藤印义卖，结果供不应求，一气刻了百余枚藤印仍未歇手。后来他将所刻的这一批藤印专门辑成一册《义卖藤印存》，而这一枚圆形章草字体的"张充和"印，就收在了这一本印谱中。

圆形印，藤材质一截，章草体张充和三字……所有对该印的描述，皆高度吻合了魏建功印谱中所存的这枚印作，尤其是以章草书体入印。我们知道，通常印章所常用的是篆体，而章草正是魏建功所擅长的书体，至于闻一多写章草，似乎闻所未闻。

魏建功生前自己所钤辑有三部印谱，分别是《独后来堂印存》《何必金玉印谱》和《义卖藤印存》。十多年前，为纪念魏先生百年诞辰，其后人将此三册印谱合编成《天行山鬼印蜕》，收印作凡四百余方，由北京中国书店出版。此书印数极少，仅为一千册，可见流传有限。我曾多方寻求，幸获一册，方以基本窥得魏先生印迹之

"全豹"。纵观全集，知魏先生治印多率性急就而成，且绝大多数皆为师友同人所刻，涉及的名流学者如蔡元培、周作人、蒋梦麟、沈兼士、钱玄同、陈寅恪、刘半农、顾颉刚、傅斯年、郭绍虞、冰心等，比比皆是也。谱中如周作人的"苦茶庵知堂记"、刘半农的"复"以及钱玄同、蒋梦麟、陈寅恪、冰心的印章，都是印主使用率较高的常用印，可见他的印深得师友之喜欢。魏建功虽非职业的印家，故他的印章里，自然有一种文人的意蕴，即使不够严谨，反而会生出另一种古拙、萧散的趣味。

才学识兼柳诒徵

文史学者柳诒徵（翼谋）先生，博雅宏通、著作等身，曾被吴宓誉扬为"才学识兼一世雄"。上世纪二十年代，柳先生与吴宓同执教于东南大学，查《吴宓日记》，时见"访翼谋先生"之记载，并有诗呈柳，如"平生风义兼师友，三载追陪受益多"等。以吴宓这样学贯中西的大家，对翼谋先生之服膺，可见柳诒徵先生的博大精深了。然而与一些同时代或晚辈的学人相比，如竺可桢、陈寅恪、吴宓、钱穆等，柳诒徵的学问似乎和他的知名度还是很不相称的。早些年若是没有复旦大学柳曾符先生对其祖父的撰文推介，我想，知道柳诒徵先生的想必愈益见少了。

柳诒徵先生学问淹博、著述极丰，早年就有《中国文化史》《中国历史要义》等力作，奠定其深厚的学术地位，有评者论"把史学与哲学相结合，是其治学的特色"。文史哲除外，大凡图书目录、版本考据、方志地理、辞章义理、文字书法等，无一不精。我时常在想，过去之学人，如何能万卷诗书，藏于一身，多种学问，融会贯通，此于今人实在是无法企及和难以想象的。当然，这说到底，无非还是"用功"二字。柳诒徵自然也不例外，他出生于镇江一寒士之家，七岁时父亡，时家徒四壁，无力延师，故读书启蒙乃得之其出身书香门第的母亲鲍氏。母亲课子严厉，加之柳诒徵少时即聪慧过人，不多年，小小年纪的他就将所读的一些经典要籍，背得烂熟。一部二十四史，每一章节都能说个大略。十六岁时，柳诒徵即以小篆默写《尔雅》，又作七古《焦山瘗鹤铭》，而考中秀才。主考于卷上批之："未冠能此，可称妙才！"从此，他的"妙才"之称，则名闻乡里了。

至于书法，柳诒徵儿时也是得其母亲督教，每日晨起即临帖学书，初写颜真卿的《李元靖碑》《元次山碑》，欧阳询的《化度寺碑》以及赵孟頫、董其昌的小楷；待楷书有了一定的基础，十三四岁时，又得汉隶名帖如《张迁碑》《衡方碑》《白石神君碑》等，故转而临习汉隶。柳诒徵少时即勤勉努力，好学不怠，时外祖的朋友孙先生精于篆书，常来鲍家，柳觐便则上前请教篆书作法。孙先生告之，学篆须先读《说文》。家中无钱购此《说文》，闻邻人有江阴刻《说文系传》，他便想法与之商借。邻人欣赏其年幼好学，故应允一册一册先后借之。于是，柳诒徵便借一册，抄录一本，抄完换借一册，再抄一本，直至全部抄完。其间，他对篆书的学习也就自然掌握了。

所以说，少年时代的柳诒徵，真行篆隶，四体兼习。据其日记所载，他每天轮习两种，篆书初写《阮氏钟鼎》，后又写《石鼓》《碣石颂》；隶书初写《张迁》《曹全》《封龙山》，后写《西狭颂》《石门铭》；再有楷书学颜欧，兼习虞褚、赵董；行书则李北海、米元章等，每一种帖写三年，每日字写得不多，也就五六十字而已。他认为，学书应博取众家之长，方可为日后成自家面目而打下基础。若死守一二家，易成古人书法之奴。这也是我们今天观柳诒徵先生的书法，确有一种碑帖交融、刚柔相济，以隶当楷、以楷当隶的宽博书风。

青少年时的柳诒徵，其书法在乡里已小有名声。其舅舅煦斋先生虽为举人，但通常写寿屏对联之事，皆让这位小外甥代笔。可见其书之老练娴熟。然而，真正让柳诒徵学问和书法大开眼界并更上层楼的，应该是一九〇一年之后，那时，二十二岁的柳诒徵经父亲的学生陈善余力荐，至南京江楚编译局任缪荃孙的助手，深得缪之赏识，缪荃孙乃著名金石学家、藏书家，于图书版本、碑版目录等均有极深之造诣，柳诒徵尊缪为师，从此学问日进，大受其益。

举凡学问上有所成就者，通常都有其痴迷而认真执著的独到之处。少年时柳诒徵有借抄《说文》之痴迷，成年后他勤勉认真的习惯依然不减。一九〇三年，缪先生奉张之洞命赴日本考察教育，还特意请柳诒徵随行。三个月考察回国，张之洞要缪荃孙拿一份考察报告出来，缪当即答应立刻进呈。其实缪考察时一字未记，回来立召同去诸人会商，皆面面相觑无言以对。时只见柳诒徵徐徐开口道，自己曾略有所记，不知合用否？缪命快快呈阅，一看不由大喜，原来旁人但忙游览，参观只是例行公事，而柳诒徵却考察细心，随处留心，所到之处，逐日详记，有关日本的教育管理、教授方法，乃至各地中小学的创设年月、经费、人数等，俱一一备载。此笔记后被缪命名为《日游汇编》而刊行，缪先生不掠柳诒徵记录之功，特嘱柳题了"日游汇编，柳诒徵署"数字，印于书前扉页之上。

在南京，除了缪先生外，柳诒徵还拜识了张謇和李瑞清两位书法大家，这对他的书法理念都有着较大的影响。缪荃孙是碑帖研究名家，所藏各类金石碑拓一万三千余种，为海内之冠。柳诒徵办学讲课之始，缪还特意指示习字之法，曰："写字须日日有课，如间日必难长进。"又，"课字总以画平竖直为主，欧虞最要，最忌北碑；行书以圣教、十三跋为主，最忌阁帖。"这里我以为，缪荃孙也非一味排斥北碑，作为一位造诣精深的金石学家，何尝不懂北碑之雄浑大气，之苍莽厚实？我想大概他是以学生习字之始，应方正规矩为主旨，所以欧虞是最最恰当不过了。

柳诒徵的书学之路几乎也是如此，在经历了晋唐帖学的临习会通之后，他于汉隶魏碑则倾注了极大的热情。一些以前尚未涉猎的北碑，如《郑文公》《张猛龙》《崔敬邕》《张黑女》《龙门造像》等，中年之后他又一一临习。所以他的书法，得北碑气最足，如柳先生一副对联："可以荐佳客，还来就菊花。"有颜书的影子，却融入了北碑博大宏阔的气势，虽看似随意挥洒，但笔笔劲挺如勒，势大力沉。由于碑学功力深厚，柳先生即便写起小字，或墓铭，或题跋，也是蕴藉苍秀，别有一格。苏州虎丘山麓左侧的林莽中，有南社诗人陈去病一墓，陈乃是柳诒徵于南京东南大学的同人，故其墓碑铭文，即柳先生当年所书，至今犹存，惜乎知者已寥寥矣。

晒晒太阳　说说闲话

　　差不多也就十来年的时间内，老北大的一批著名学人也如巨星陨落，纷纷离我们而去了。譬如像张中行、季羡林、金克木，人称"燕园三老"，但如今的未名湖畔，再也不见他们悠闲散步的背影。而张中行和季羡林两位，更像是文坛的"双子星"，耄耋之年依然著书立说，活跃于文坛。最后皆享以大寿，以九十九岁的高龄仙逝。我想，随着这两位世纪老人的离去，基本也就为那一时代画上了句号。

　　上世纪三十年代毕业于北京大学中文系的张中行先

生，被季羡林称为"老北大"。因为那时的北大，名流荟萃，大师云集。蔡元培先生倡导"兼容并包"的北大精神，在那时也体现得最为彻底。如果你有真才实学，不在乎你有没有学历文凭，照样可以请来北大任教；如果你不是北大的学生，但只要愿意随时都可以来北大旁听。而当时在北大授课的一批老师，也全是"五四"时期的一代精英，像胡适、钱玄同、刘半农、周作人等，都曾教过张中行的课。所以在这样一个自由轻松的学习环境中，才能培养成学养深厚如张中行这样的学者。

说来也是偶然。生于一九〇九年的张中行，真正名噪文坛时，却已是八十年代的中后期，那时的他已将近八十岁了。当时他一本回忆性的随笔散文《负暄琐话》由黑龙江人民出版社出版，在文坛上着实引起了不小的轰动，所谓"学者散文"一时风靡热销。随着《负暄琐话》的一版再版，他的《负暄续话》《负暄三话》也相继推出，张中行的文名逐渐不胫而走，八十多岁的老学者，忽而被称为"文坛老旋风"而"暴得大名"。记得我买那本《负暄琐话》时，已是九十年代初，居然还是淘了一册特价书，三元七毛五的原价给打了六折，才两元多一点。但读这样的书绝对是一种超超值的享受，十多年前我开始准备写"文人书法"时，应该说从《负暄琐话》这一类书中，受到了很大的帮助和启发。张中行先生写的"负暄"系列，取其没事"晒晒太阳说闲话"之意，忆故人，说旧事，信笔写来，宛如行云流水，舒卷自如，娓娓动听。当然，这其中有他独具只眼的阅人和阅世，但更重要的则是他的学识和趣味。这一点，颇似周作人《知堂回想录》的手法，笔下所记也非什么惊天动地的故事，可是从小处着手，一个个人物却呼之欲出，栩栩如生。所以著名红学家周汝昌曾有诗句赞张中行的"负暄"文章，曰：甘苦相交橄榄芳，负暄促膝味偏长。传神手擅三毫颊，掩泪心藏一瓣香。

张中行的书法，我最早乃是上世纪九十年代末，于文人书画的藏家潘亦孚先生处所见。一轴行书条幅，所录为《西厢记》崔莺莺的唱句："花落水流红，闲愁万种，无语怨东风。"估计是条幅一路写来，可能觉得字数过少，于是张先生又将"此双文所吟毕竟不凡也"的款识内容，一并写成正文的形式，以求章法上的协调与美观。这也是书法创作中的常用手法，即和尺幅紧迫时将正文落进款内一样。看来张中行先生也是濡毫弄翰的行家，尽管他一再申明自己不会写字，所有应请而挥毫，都属逼迫无奈的"献丑"。然而，正如他自己所说，"献丑"之"丑"其实也分等级，像苏东坡、米元章这样的大师，在朋友的酒会上如几杯美酒下肚，被邀请作诗题书的话，照例也会拱手连呼"献丑献丑"了。那么我辈的"丑"与之相比，则更是加倍之"丑"了。

这当然也是张先生所谓的自知之明之语。其实他小时的书法也练了多年，只是他自以为没写好罢了。说儿时乡里每到年关写春联，执笔的总是其兄，他则识相地从不染指。后来考进北大，所谓"近朱者赤，近墨者黑"，受当时好古之风的影响，他又重拾旧习，"对着各种碑帖，涂抹。"但由于他自己生来是个"左撇子"，而中国的汉字书写又是右手人设计的，所以尽管他对书法有很大的兴趣，但"写字数十年来一直感到不顺手。……我是板滞，笔画直挺，转不过来，勉强转，也扭曲难看。"

我想，天生的"左撇子"用右手作书，大概就和我们"右撇子"以左手写字一样的不习惯吧。不过虽说是如此，其实，张中行先生暇时最为爱好的还是藏砚和书法，他有数篇谈旧砚的收藏文章，均行家经验之谈也，读后颇有所得。对于书法，他于古玩市场遇上自己的所爱，也会丢下银子请回家中摩挲把玩。据悉，他比较欣赏初唐四家一路劲秀的正楷书法，也喜收藏一些闺秀小楷，取其娟秀清丽之态。而我观张先生自己的字，基本也是颇有唐楷之法则，颜筋柳骨，疏朗正气，淡泊宁静，淳朴无华。这似乎又正如他的为人。自张中行先生"出名"之后，我们都知道，他早年和女作家杨沫曾有过一段婚姻，后因理想信念不同而分手。五十年代末杨沫创作的著名小说《青春之歌》中，那位退缩、落后，缺乏革命进取心的小说人物"余永泽"，便是影射了张中行。但面对杨沫的批评和挖苦，张中行始终保持了沉默。小说流行以后，这对张中行造成的压力是非常巨大的，幸好那时的他还没有出名，只是一名默默无闻的编辑。然而后来至"文革"时风云再变，杨沫也受到了冲击，北京市文联为证实杨沫是"三反分子"，专请张中行揭发，张先生则不愿落井下石，反而写道："杨沫同志直爽、热情，有济世救民的思想，并有实现理想的魄力。"

此事杨沫后来获知非常感激，但张先生却视若平常。杨沫去世时，张中行也没有参加最后的告别会。有友人问之，张先生说：所谓告别，有两种来由，或情牵，或敬重，也可兼而有之，对于她，两者都没有。

这就是张中行先生，有自己的思想，有独立的人格，不趋炎附势，不阿谀谄媚。这大概也是真正文人的一种最高贵的品质吧。

文人印家杨天骥

民国时期，诗人学者尤多。在那时的文人圈内，不会写诗或者写不好字，大概就被归为没文化一族了。因此，即便不是专业从事文学的行当，譬如洋行里的职员、某处的账房先生，随便拉出一个来，出口几乎都能吟上几句诗的，下笔则"夫子大人台鉴"之类，一手恭楷，叫今人羡煞。这就是时代的特征，一去难再回。今天的艺术，在昨天，只是谋生的技术。

诗人学者杨天骥，应该也算是民国时期的著名文人，能文、能诗、能词、能书、能刻……然而如今了解他的人一定很少矣，盖民国那时的文人太多，稍有疏漏则遗珠处处。杨天骥是文人印家，手边《近代印人传》和《江苏印人传》二书，都有关于杨天骥的简介，然资料极其有限，也就那么几段。敝处藏书羞涩，虽万册有余，但除了郑逸梅在《南社社友事略》中述及外，就再也翻不着关于天骥先生的其他文章了。为此我心颇不甘，杨天骥乃吴江同里镇人，好在吴江也属上海近邻，于是上周得便则专程驱车去了一次，虽然错过了同里镇上的杨天骥旧宅（目前仍为他人杂居），但在友人的带领下，于吴江博物馆采访了吴副馆长和汝悦来先生，并获赠一册博物馆刚刚编印出版的纪念杨天骥先生专辑《千里骏骨》。此书为杨天骥的幼子、如今年逾古稀且远在美国芝加哥的杨恺先生编著，书中主要有天骥先生的部分诗稿、日记以及杨恺回忆父亲的一篇长文，均是宝贵的一手材料。得书后我喜悦而返，吴江之行也算取得"真经"，诚不虚此行也。

杨天骥，字千里，或取"老骥伏枥，志在千里"句义吧。其别号有骏公、东方、天马等，多与马有关，盖其生于一八八二（壬午）年，生肖属马之故。郑逸梅文中记杨先生诞于一八八〇年，当误记也。在同里镇上，杨天骥乃大户书香人家。其父杨敦颐为清代拔贡，所谓拔贡者，即是各省学政从府县中选拔出优秀生员，保送入京师国子监，经过朝考合格后可以充任京官、知县或教职。父亲于光绪十五年为镇江府丹徒县学训导，其时天骥也随侍父亲读书。父亲为了儿子应考科举，诗词文章之余，尤注重天骥的书法临习，秦篆汉隶、魏碑唐楷，无不窥其堂奥；二爨章草、欧颜柳赵，逐一广采博收。因此，未及弱冠的年纪，杨天骥已经以一手好字名闻乡里了。在乡邑设帐授徒时，叶楚伧、柳亚子等，虽年岁相差无几，但也皆曾作为弟子从其所学。然而，在杨天骥的弟子中，自封诗才天下第一的柳亚子，居然还排不上最为有名，因为杨先生一九〇五年执教于上海的澄衷学堂时，班上有一位更为著名的弟子，那就是后来成为新文化运动的旗手人物——胡适先生。胡适在他的《四十自述》中曾写道："澄衷的教员之中，我受杨千里先生（天骥）的影响最大。我在东三斋时，他是西二斋的国文教员，人都说他思想很新。我去看他，他很鼓励我，在我的作文稿本上题了'言论自由'四个字。"胡适还回忆说，在杨先生的课上，他首次听讲了严复的译文《天演论》，高兴得很。杨先生出的作文题就是"物竞天择，适者生存，试申其义"，胡适的作文答卷当然很出色，后来被校长翻寻出来，一直保存在校内。其实胡适那时还未改名，尚叫胡洪骍。但就是那时听了课后，和二哥商量，方从"适者生存"中受启发，从此改名胡适、字适之。由此来看，胡适的大名与杨千里先生的讲课也不无关系也。

胡适说千里先生的"思想很新"，那时杨天骥才二十多岁，虽以教育为事，但受维新思潮的影响，不满于晚清政府的落后与腐败，从而提倡新学，向往革命。其时他活跃于政坛和文坛，随着武昌起义一声枪响，陈英士在上海立即呼应，率革命同志进攻江南制造局，杨天骥也积极参与其中。制造局被攻克，总办仓皇出逃，留下髹漆马车一辆，陈英士转赠天骥。大凡文人行事总是特立独行，杨天骥后出任《申报》和《新闻报》主笔，他则每天乘坐马车到报社上班，招摇过市，不无倨傲之态。老板加拿大人福开森受其轻视大为不满，找个理由停他的职，天骥闻之毫不惋惜，索性掷笔而去。

杨天骥一生经历丰富，三十岁前，多以教书为主。入民国后的二三十年间，其转职政界，浮沉宦海，如先南下任护法国会参议院，后又北上任政府国务院秘书；一九二五年至一九三〇年间，曾先后任江苏无锡县县长和吴江县县长；一九三一年应于右任之邀，任监察院秘书、代秘书长以及监察委员等。抗日战争时期，他辗转于香港、湘桂、重庆等地，至抗战胜利后仍还居上海，其间他逐渐脱离宦海，以诗文撰述自娱，鬻书鬻印，以结交书画篆刻同道为乐。

我们在杨天骥先生的诗稿日记中可以获知，先生虽于政界跌宕多年，然文人气息未泯，一生笃于写诗填词、书法篆刻。他的日记记述他一九三六年在北京、南京和汉口的一段生活，交游中与诗人夏剑丞、印家寿石工、张樾丞，画家萧谦中、张海若等皆过从甚密，其中似与寿石工往还为多，常有为寿石工夫妇治印之记载。寿石工自己是印家，夫人宋君方其实也擅治印，为印家刻印，通常是不便敷衍的。而我们所见的杨氏印作中，恰恰为寿石工所刻的印章最多，如"寿玺"、"蜨芜斋"、"山阴寿石工"、"火传四明"等等，从中应可见出杨氏的篆刻功力。寿石工除了治印之外，也精于填词，这和杨天骥也属同好。寿氏填词取径南宋词人吴梦窗，吴乃浙江四明人，故晚清词家朱彊村以"火传四明"赞之，此即天骥刻"火传四明"一印之出典也。杨天骥先生书法精擅，正草篆隶，无一不通。这对他的治印，带来了绝对优势。他的篆刻据说始学于弱冠之年，初宗秦汉，继以家藏的历代印谱观摩临习，于明清流派印家中，尤喜吴熙载、赵之谦两家，得其清雅风致，我们从他的"金谷兰亭同梦"、"江上清风山间明月"数印中，或可见出端倪。复亦请益于吴昌硕，在篆法刀法上更增雄肆，如"无所学"、"枯桐"等印可略见一斑。陈师曾曾有诗《题茧庐摹印图》，茧庐者，千里之斋名也。诗有三咏，其一云："下窥两汉上周秦，不向西泠苦问津；赵整吴奇参活法，瓣香分爇亦艰辛。"言天骥治印，法乳于秦汉，得益于赵

97

吴，诚然不谬矣。

《千里骏骨》一书中载有杨恺先生所撰的《回忆父亲杨天骥》一篇。杨恺生于一九三九年，时杨天骥已五十八岁"高龄"矣。老年得子，怜爱有加。故杨恺的幼年记忆中，父亲温情一片，正如迅翁所谓"无情未必真豪杰，怜子如何不丈夫"。其时乃父已远离政界，回到书斋过着文人诗书的悠然生活。杨恺写到父亲为人作书以及刻印的情景，时而也一旁为父亲研墨牵纸，做点力所能及的书僮事宜。他说父亲刻印非常快，常常是选好一方印石，然后以毛笔直接在印石上写反字，写好后等干便刻，个把小时即可完成。有时印稿也不写，沉思一番似成竹于胸了，直接操刀立就，一气呵成。

晚年杨天骥主要生活于上海和苏州两地。一九五〇年，他迁住于苏州甫桥西街的一独立小院中，院中有一棵三人合抱的高大银杏树，还有竹林紫藤等，环境甚幽。天骥先生极为满意，友朋以诗书画贺其乔迁，他则专填了两首"临江仙"，赋以答谢。其二曰：

此是旧时文战地，三吴多少菁英。西风残照不胜情，切云双塔寺，带水十泉清。休沐归来才几日，高谈一座能倾。相看何处托浮生，伯通桥下过，鲁望宅边行。

最后的"伯通"与"鲁望"，指皋伯通和陆鲁望，皆曾赁居于姑苏之古人，作者所以迁此，颇有与前贤为邻之心境。这首词语词幽美、意境深远，大有过尽千帆，"惯看秋月春风"之悠闲。杨天骥先生历经了民国的风云变幻，曾也逐浪弄潮，晚年的他抒发出如此感慨，似有一种灿烂之后的平淡与洒脱。

耕玉山房的元亭公

　　我写"民国文人印章"系列，案头一册《民国篆刻艺术》、一册《近代印人传》，是我经常翻阅的工具书，获益无尽。然而，如果遇上此两册权威的书中也未有涉及的文人印家，我似乎更有兴趣。因为人人皆知或闻名圈内的印家，早已被写过无数遍，你不写总也有人写；而名不入传的印人，最易错过而成遗珠之憾，若是通过搜集寻访再写文记之，似也算颇有意义的一桩事。无论是发掘钩沉也好，拾遗补缺也罢，即属读书一大乐趣也。如以前我写过的叶圣陶、金曼叔等，皆是民国篆刻史中被忽略的人物，而本文所写的珠溪吴元亭先生，也是《民国篆刻艺术》和《近代印人传》两册书中，一字未有涉及的民国印家。

前些时，友人林渊携我与青浦旅游局的王玲锦女史茶聊，知我偏爱前贤旧事，王局送我一套她以前主编的"风情朱家角"，然一套九册的丛书太多太重，携之不便，为了不拂主人的一番雅意，于是便从中挑了一册《珠溪文儒》，尝鼎一脔，不亦快哉。珠溪乃朱家角之旧称，水木清华，文儒辈出，最为有名的大概要算清乾隆进士、著名学者王昶了，其倾注半生心血而编成的百六十卷《金石萃编》，是一部极有价值的金石考据著作，至今仍有很大的影响。其余还有如商务印书馆的创始人夏瑞芳、小说家陆士谔、南社女诗人陆灵素兄妹等，皆是民国文苑的知名人物。不过，让我眼前一亮的倒也并非这几位耳熟能详的文坛名儒，而是另一位似曾相识的民国印家吴元亭先生。

《珠溪文儒》一书中共有两篇记述吴元亭的文章，一是说"吴昌硕为之写润例"，另一是吴谷辰先生所写的

《记我的父亲吴元亭》。为什么要说"似曾相识"？因为我时常听同门师兄、印家吴友琳说起自己的先祖元亭公，并也知道友琳兄少年时曾在朱家角生活，幼承庭训，因受先祖之熏陶，从而生发了爱好诗书画印的艺术兴趣。莫非此吴元亭先生即友琳兄常常提及的"元亭公"吧？一经电询，果然无误。且其中一篇撰者吴谷辰先生，友琳兄答道："正是家父。"

我似乎又有了点兴奋，仿佛从阅读中发现了书中的秘密，在现实中则获得了印证。吴元亭擅诗文书法，尤精金石印章，其作品曾为吴昌硕所赞赏，然而他却是一位少有人提及的民国印家。幸而有友琳兄的绍介并给予诸多资料上的支持，才使我有了进一步的了解。

吴元亭是青浦朱家角人，祖上也是书香门第，收藏古砚颇为可观，斋有百砚楼、耕玉山房之号。但到了元亭公的父辈，家道中落，弃学从商后又因交友不慎而惨遭失败。元亭公三岁时，父亲因病早亡，故其幼年失怙，家境贫寒。许多文字都说元亭公是一位自学成才的金石名家，我想，虽说待他出生时已家道破落，但祖上的诗书余荫总还不至于荡然无存，俗言道："穷虽穷，家中还有三担铜。"尽管是"百砚楼"没了，家中的金银散尽了，但对一个传统的诗书大家庭而言，其风气氛围、精神气质，往往并不会马上就消失的。所以元亭公的诗文书法，即使多赖于自学，而家庭的熏染还是免不了的。据说元亭公生性淡泊，爱书成癖，时常一卷在手，即使无隔宿之粮，也照样乐而忘忧。这种性情，又岂是饥寒交加的窭人子所能养成？

由于无钱继续念书，于是仅读过两年私塾的吴元亭，为了生计，十五岁那年便到练塘镇的一家米行当学徒，后又先后到一家中药铺及一家烟纸店学生意。无论在哪，好学不倦的吴元亭总喜欢利用空闲时间，读书写字，吟诗作联。烟纸店的老先生，博古通今，见元亭是个勤快老实、虚心好学的敦厚子弟，便有意指点栽培他，于是每到店堂打烊，他们则店堂一角，油灯一盏，或指导他读书练字，或教他做诗填词……几年下来，资质聪颖的元亭学问大进，能诗善文，才二十来岁的他，渐渐地在练塘镇上也有了小名气。练塘镇上的文人名士，往往也是烟纸店里的常客，如王南槎、万星洲、曹漱石、钱晓洲、钱颂陆等，他们都非常赏识这名来自朱家角的年轻人，夸他诗文佳人品好，并乐于与之交往。王南槎还鼓励他走出烟纸店，说："你诗文书法俱佳，名气也有一点了。若想成气候，光呆在烟纸店是不行的，不如出来，我帮你办个私塾，收一些学生，边教书边读书，教学相长，既解决了自己的生计，又能专心致志研究学问，岂不两全其美？"于是，在王南槎的帮助下，吴元亭离开了烟纸店，在练塘镇创办起"延陵学塾"，延陵乃古时吴姓的郡名，元亭家中排行老二，故他又有"延陵仲子"之号。吴元亭虽是朱家角人，但他的诗书学问以及文坛名气，最初却是在邻镇练塘创下的。练塘人看重他的真才实学，并不嫌弃他是学徒出身，所以他的"延陵学塾"在练塘镇渐渐声名鹊起，学子纷纷以投。不仅如此，练塘镇的秀才钱颂陆先生，对吴元亭的才气也是赏识有加。那时元亭常到钱家请益诗书学问，钱家有长女钱贵我，知书达礼，待字闺中，虽有不少富家子弟前来求亲，然大多有钱无才加俗气，根本不入钱家"法眼"，然而她偏偏却看中了有才无钱的吴元亭。只是吴元亭考虑自己太穷，家中又有老母需要供养，故婚事也就暂且拖延了。数年后，吴元亭返回朱家角，也同样设馆课徒为业，至民国十七年，老母病故，后由练塘郭南周先生作伐牵起红绳，吴元亭和练塘钱秀才之女喜结连理，有情人终成眷属。旧时像这类因先生看中自己的学生，不惜让女儿嫁之的佳话颇多。记得民国著名文人中，如马一浮的岳丈汤寿潜就是他的恩师；还有郑振铎，由于进了商务印书馆后，才情被商务的元老高梦旦看中，后选为东床快婿……

吴元亭和钱贵我两人也属"神仙眷侣"，他们相敬如宾，举案齐眉，新婚之夜就有"闺房酬唱"，诗书互赠，传为一时佳话。

据友琳兄说，其先祖的书法篆刻，究竟从何时发端，或拜谁为师已无从考究，但不可否认，其印章水准是取法有道、学有渊源的。前不久的近现代篆刻学术会所编的一册《近现代海上篆刻名家印选》中，就有一页吴元亭的印章，刀法雄浑，气息淳古，胎息秦汉，不落俗格。

如白文多字印"祖述扁鹊宪章长沙，折衷东洞涉猎西洋"，章法工妥用刀生辣，边款也老到自然，不失为一方得意佳作；另如"延陵仲子"、"耕玉老人"等数方，均有明清流派如吴让之、赵之谦之印风。在青浦，吴元亭以诗书印闻名乡邑，除读书治印外，他还喜欢听评弹和京戏。那时吴昌硕和有"江南曲王"之称的俞粟庐皆常来青浦，俞粟庐乃昆曲大师俞振飞的父亲，也是俞建侯的伯父，因吴元亭与俞建侯交好，于是也得以拜识了吴、俞两位大师。因为元亭的书法篆刻才艺不俗，才获得大师的青睐，并亲自为其题写润例：

> 吴子元亭，少孤贫，家无长物，读书之暇，每喜临摹篆书，法宗秦汉，尤工刻石、刀法雄浑，盎然入古，迩年求者踵接，应酬不遑，爰拟润例，以示限制，当亦为结翰墨者所许也。
>
> ……

《润例》的落款者为"吴昌硕、李平书、俞粟庐、冯超然同订"，阵容颇为强大，试想若无一定的实力，印坛和曲坛的巨擘人物，怎肯轻易为之摇笔？据吴谷辰先生回忆，年轻时在家中还曾见过那张由吴昌硕亲笔题书的《润例》原件，但经历了"文革"劫难，元亭公的性命尚难以自保，更遑论其余？当然，正如我前面所说，有形的金银财物是容易散失的，但读书人的风气精神，却可长久流传。元亭公的嫡孙、印家吴友琳自号"耕玉斋"，闲时以诗书画印自娱，不正是传承了乃祖的诗书精神么？我想起那副"忠厚传家久，诗书继世长"的旧联，似乎说的也是这个道理。

文人最怕不自由

　　九十年代中期，我曾于报上编发过一个整版的文章，介绍了当时还不太为人所知的民国才子叶公超先生。叶公超是上世纪二十年代英国剑桥大学的文学硕士，一九二六年学成回国时才二十二岁，就执教于北京大学英文系，成了当时北大最年轻的教授。他上课时，座中许多学生的年龄都与他相仿，甚至像废名这样的学生还比他大四岁。然而，叶公超一口漂亮纯正的英语以及丰富的文学才华几乎让所有的学生折服，而他风流倜傥的名士派头，又令许多女生倾慕。

如今二十来年的时光过得很快，我也早已忘掉了那篇文章。前些日恰巧遇上印友唐吉慧，他的新著《旧时月色》中也写到了叶公超，于是我们聊起叶公超的话题，不料，吉慧兄居然还保存了二十年前那篇文章的剪报！我闻之颇有感慨，记得唐人有诗云："今人不见旧时月"，但旧时的月色却能透过文字让今人欣赏、把玩、回味。像叶公超这样的民国才子，尽管留下的著述并不多，但总也会有一些爱好"旧时月色"的人牵挂他。

出生于江西九江书香世家的叶公超，其实是广东番禺人。我们熟悉书画的人，大多知道的一位书画家、收藏鉴赏家叶恭绰先生，乃是叶公超的叔叔。而且叶公超幼年失怙，全赖叔父叶恭绰抚养。五岁时家人即开始为之延师授课，临帖习画，修读经史，间或也学英文。至中学时他就出洋留学美国，随之又先后求学于英、法，因而他的英文造诣极深，说写均为一流，胡适赞之为"即便外国一般的大政治家，也未必说得过公超"。有一则故事可援以印证他的英文程度：他在某校任教时，邻居是一美国人家，大概有一次美国捣蛋孩子逾墙来他的院子骚扰，叶公超不胜其烦而去喝止，不料那顽童不但不听其劝反而恶语相向，于是两人互相对骂。后来叶公超怒不可遏，用了一句大概是美国某地惯用的骂人俚语吧，原英文恕不赘引，大意是"我要将一桶大粪浇在你的头上！"恰巧此时顽童的父母出来劝阻，闻听此语，不但不怒，反而和颜上前问道："你是哪里学来的？我已好久没听见这样的骂人话了，这话使我想起了我的故乡。"结果他们"不骂不相识"，这"一桶大粪"，反而使叶公超和这位美国邻居成了好朋友。

　　叶公超说，学一种语言，一定要把该地方一整套的骂人话全部学会，才算彻底。他在国内教的是英美文学，据说他上课时也比较特别，直接拿一本原版小说，譬如奥斯汀的《傲慢与偏见》让前几排的学生依次朗读，他仔细听学生的发音及其熟练程度。突然也会大声叫停，问同学有没有疑问？没有，继续。若真是哪位同学提了问题，他闻后又会厉声喝道："查字典去！"吓得许多同学都不敢提问。在国内，叶公超曾辗转执教于北大、暨南大学、清华以及西南联大等，像梁遇春、钱锺书、季羡林、王辛笛、杨振宁等，都曾是他教过的学生，也可谓桃李满天下了。除了教学，他还编杂志、翻译、撰写文论等，二十年代后期，《新月》杂志在上海刊行，叶公超和徐志摩、饶孟侃等都是最初的创办者。不过，尽管他是"新月派"，按理与鲁迅格格不入，但鲁迅刚一逝世，叶公超却先后撰写了两篇文章，来分析评论鲁迅的小说和杂文，他对鲁迅在文学上的成就给予很高的评价。鲁迅生前曾与新月派的几员大将如徐志摩、陈源、梁实秋等都打过笔仗，而叶公超却在文中说与鲁迅"笔仗"的人"实在不值得（他）一粒子弹"，因为"骂他的人和被他骂的人实在没有一个在任何方面是与他同等的"。如此评论自然引起新月派人士的大为不满，胡适就曾责问他："鲁迅生前连吐痰都不会吐到你的头上，你为何这样捧他？"

当然，这恰好说明叶公超此人比较率真，不会虚伪，他不会因为别人而改变自己的看法。尽管他和鲁迅也并非朋友，与胡适、徐志摩倒十分交好，但他私下却认为胡、徐的散文确实不及鲁迅，我们"不能因人而否定其文学成就"。

　　和许多文人一样，叶公超闲来也耽于书画，最喜画兰竹，兼擅行草。受叔父的影响，他从小就喜爱书画，家中收藏甚富，耳濡目染，眼界极高。据公超自己曾语人言，清代大书画家赵之谦，是他的祖外公。可见渊源有自，流风遗韵相当久远。十多岁时，他曾在北京跟武进汤定之学画，先从画兰学起，继而再画竹，取宋元一路，疏影婆娑，用笔古雅。他的书法，我看过数幅，多为行楷、行草书，虽说学的是王羲之、褚遂良等，但总体印象似是清秀有余而厚重不足；尤其是行草书，似飘逸过多而古拙不够。梁实秋曾说叶公超的书法颇似乃叔，对此我难以苟同。叶恭绰的书法从颜字出，学李北海和赵孟頫的《胆巴碑》，线条雄浑苍劲，此恰好与叶公超的清秀飘逸有较大的反差。曾见过一幅书法，是叶公超书自己的诗作："登月人归佳话多，何曾月里见嫦娥。举头望月明如旧，问月无言且放歌。"诗是他一九六九年有感于人类登月成功而举世庆祝，可是他却认为科学打破了月亮的宁静，对此持了一点不同意见。这幅行草书虽还不能算是叶氏的佳作，但大致也可看出他飘然洒脱的文人书风。

抗战时期，叶公超突然离开西南联大应召而步入政坛，当起了外交部长，从此，文人的洒脱雅逸、散淡自由的习性统统收起。二十多年的宦海浮沉，夹住尾巴亦步亦趋地做事，依然少不了受尽窝囊气。当他最终被召回时，政治生涯戛然而止，此后在台岛如同囚禁一般地苦闷生活了十六年之久。其落寞萧然，难以言说，唯有再作冯妇，以书画遣怀。他对好友梁实秋说自己是"怒而写竹，喜则绘兰，闲来狩猎，感而赋诗"。梁实秋称其写竹盖多于写兰，可见其晚年的心情，充斥着抑郁失意和不满。

文人最怕不自由。叶公超本应是个翩翩才子、自在文人，却阴差阳错地误入政界，以一身的才华、半生的自由，结果只换来一句宦海"心得"，叫"一日为官，终身为奴"。

人老才知王字劲

　　"人老才知王字劲，时危更识杜诗工。"这一副楷书对联，写得方峻峭拔，古拙从容，落款为"澹宁撰句并书"。澹宁，是著名军事学家、教育家蒋百里（字方震）先生的晚年自号。说来很有意思，旧时所谓晚年，其实也不过五十来岁。若放之今天，至多也就算一"中青年"耳。联句的意思很好理解，一个人如果缺乏一定的人生体验、沧桑历练，是很难领会到王字内中的秀劲以及杜诗之沉郁工切的。这自然也反映了作者对书法艺术的理解，对国家对民族的忧患。蒋百里卒于一九三八年十一月，年仅五十七岁。此前国家战争频仍，又值抗战爆发，感于时事，作者撰此联句而书之。

或许有人会说，"文人书法"怎么写到一位军事学家的身上？其实不然。蒋百里先生虽以"军事学家"鸣世，而实际上他更是一个文人。作为一名陆军上将，蒋百里实际上从未带兵打过一次仗。尽管他的军事理论、教育思想对世人的影响甚大，但他在学问上的诸多领域，譬如哲学、历史、文学、艺术、经济、政治等，同样成绩显著，令人叹服。早年他留学日本时，为了宣传救国思想，"发其雄心、养其气魄"，以"汹涌革命潮"为主旨，就与几位同人创办了《浙江潮》杂志，他撰写了"发刊词"并担纲为第一任主编。当时的《浙江潮》曾轰动一时，留学日本的鲁迅不但每期订阅，还寄回国内让兄弟共读。后于一九二〇年，蒋百里还与郑振铎、沈雁冰等发起组织文学研究会；一九二三年，他又和胡适、徐志摩等组织了新月社……不过，这些作为文学家的活动，都被作为军事家的蒋百里所遮蔽了。

具有强烈文人气质的蒋百里，身上带有好多传奇的色彩。他幼年家境困厄，祖父蒋光煦虽为海宁硖石著名的藏书家，尊文献，富收藏，但蒋百里的父亲（学烺）由于生来无左臂，不受祖父喜欢，故送至寺庙出家做了小沙弥。还俗后其父从同邑名医朱杏伯学医，后娶浙江海盐名医之女杨镇和为妻。因出家人不能归族，其父未得到遗产，故家庭生活较为困苦。所以蒋百里的儿时教育，皆由母亲发蒙，先讲三国、西游记等古典小说，后授以唐诗、四书。幼时的蒋百里即显出不凡的记忆，他能将母亲讲的故事，绘声绘色地复述于他人。其父曾赞叹曰："此儿聪慧，远胜乃父，他年定破壁飞去。"

蒋百里善书，他的楷书、草书均有相当之功力。其书法最初得自乡塾倪勤叔先生，十一岁时，蒋百里就读于蒋氏家塾，倪勤叔授以《左传》《礼记》《周礼》以外，并教以临摹灵飞经书法，由于他聪颖好学，深得先生的器重，并循循善导，直至十七岁考取秀才。此时，与蒋百里同窗并十分交好的一位少年，说出来我们都知道，即后来的书画名家、曾任西泠印社社长的张宗祥（字阆声，号冷僧）。那时他俩均文采斐然，齐名乡里。张宗祥儿时书习颜平原，与百里相见论字，每"刺刺各争其是"。张宗祥后来有一篇《述蒋君百里》的回忆文章，谈到蒋百里的书法，说："百里小楷特婉秀，晚年写碑师梁任公先生，然一不经意，起草作小字，依然倪先生衣钵也。"这里的"倪先生"，即他们少年时的塾师倪勤叔先生，此语非知根知底的儿时玩伴，何以道得出乎？

日后的蒋、张两位在各自的领域都成了大器，海宁硖石引以为荣，流传着"文有张冷僧，武有蒋百里"之说。其实，海宁硖石还有一位大名人就是徐志摩，不过与蒋百里和张宗祥相比，徐还是一位小弟弟。据说在新月社期间，徐志摩于经济最为拮据的时候，蒋百里曾将自己的北京寓所交徐志摩出售，帮其渡过难关。后一九三〇年蒋百里受牵连被囚禁，徐志摩竟然扛上行李到南京要陪蒋百里坐牢，一时文坛轰动，新月社的名流纷纷效仿南下，"随百里先生坐牢"也成了时髦之事。当然这也许是戏说，百里和志摩是同乡近亲，志摩探监确有其事，是否真的扛着被头铺盖去"陪监"，则无从查考了。

蒋百里是把近代西方先进军事理论系统地介绍到中国来的第一人。年轻时他留学日本，就读于日本士官学校，结果以步兵科第一名的佳绩毕业，获得日本天皇亲赐佩刀的嘉奖而名震东瀛。在日本时，他经同学蔡锷的介绍，拜了梁启超为师。日本留学归后，他又赴德国陆军大学深造，因成绩优异，曾受到德国陆军元帅兴登堡的赏识和召见。在德深造期间，他遍游欧洲名胜，着力研究军事与文学。五四新文化运动时期，蒋百里随梁启超等一同赴欧洲考察，成了梁氏最得力的助手。回国后，蒋写就一册《欧洲文艺复兴史》，请先生梁启超作序，梁看了非常赞赏，可是序言一落笔，便洋洋洒洒，一发而不可收。结果梁启超的序言竟写得和《欧洲文艺复兴史》字数相仿，无奈，梁只得单独成书，反过来求蒋百里为之作序，这本书就是梁启超著名的《清代学术概论》。

　　正如张宗祥先生所说，蒋百里的书法，晚年受梁启超的影响，致力于北魏墓志一路的书体，那副"人老才知王字劲"的对联，就有明显的梁氏书风。梁启超做人做事，都讲究"竖起脊梁，显出骨鲠"，所以他推崇写字也是如此。蒋百里为人方正，傲骨一身，此在楷书的表现上，与梁师所推也最为契合，而草书则另有一番面目也。我曾见蒋百里草书临淳化阁帖手卷一幅，秀逸流润，若玉盘走珠。落款时他有跋云：

> 大观诸卷以此第六为最难，七、八两卷尚有迹像意境可寻，此则如云、如霞、如岩、如瀑，徒令人目骇。已临三过，欲得奇气以开拓心胸，然规矩准绳未能纯熟，故险绝处只能望洋耳，然而进矣。

诚然，在"规矩准绳"不能纯熟驾驭的前提下，要想驾驭"险绝"是不太可能了。此为蒋百里的书学心得，"然而进矣"，说明他还是有他的自信。细观蒋氏墨迹，我们看不到他那种"尚武"的雄浑气略，相反更多的则是一种严谨的文人风采以及纤尘不染的高傲气质。

"谈兵稍带儒酸气，入世偏留狷介风"，这是章士钊先生写蒋百里的诗句，所谓"狷介之风"，就是指蒋百里有一种正直高洁、不愿同流合污的性情。最能体现此

"狷介"性格的，乃是蒋百里的一次自杀事件。一九一一年，年仅二十九岁的蒋百里被任命为保定军校的校长，上任第一天，一声号令，全校学生分两排站开，蒋百里训话说："今天方震到校，有两件事向同学们一谈，一点关于精神方面，一点关于教育方面……方震我如不称职，当自杀以明责任。"这类开场告白，学生也没觉得太异样，所谓"自杀"云云，只是过激之词而已，其他师生也不会当真。然而，谁也不会想到，蒋百里可是认真的。他原想打造一流的军校，结果在旧官场中想认真做事，却处处受阻，他想添加军费总是遭拒，想辞职不干，也不予照准，终于半年后的一日凌晨，他再次召集全校师生列队作紧急训话："我初到学校时，曾教导你们，我希望你们做的事，你们必须办到。你们希望我做的事，我也必须办到。……现在看来，你们一切都很好，而我却不能尽校长的责任，是我对不起你们……"说完话，蒋百里当场拔出手枪，就朝自己胸前开了一枪。幸好有一旁的侍卫干扰，子弹擦着心脏小叶，从背部穿出，经过抢救，幸未致命。

至于后来蒋百里因祸得福，与前来照顾他养伤的日本护士佐梅小姐结成伉俪，那是别话，但就此自杀一事，我联想到当年李叔同在浙江一师执教时，也有类似的态度。有一学生藏匿了同学的财物，身为舍监的夏丏尊向李叔同请教该如何办？李认为必须以真情感化学生，先让学生三日内来自首，否则舍监誓一死以殉教育。果能这样，一定会有人来自首。夏闻之说"若同学不来自首我真要自杀吗？"李叔同说，三日后如没人自首，真非自杀不可。否则便无效力。结果，这个方法好像夏丏尊没敢试。但我相信，李叔同说这一方法时是认真的。换了他，我相信他也会认真地去自杀。这一点，他和蒋百里都一样，他们对人对事，都非常的纯粹而认真，所以，他们才能成就旁人都无法成就的事业。

多情蔡哲夫

　　过去的文人团体南社，虽前后不过活跃了十数年，然在中国近现代史上，其荟集天下文人之众，在文坛乃至政坛上的影响之巨，可能是罕有其匹了。南社的发起人是柳亚子、陈去病和高天梅，一九〇九年十一月，在苏州虎丘张东阳祠成立并召开了第一次"雅集"时，到场文人才十七位，但几年后迅速发展壮大，至鼎盛期社友已达千余之众，而且皆是一些名闻江南的诗人学者，当然，其中也不乏擅书画篆刻的大名家，如黄宾虹、易大厂、李叔同、沈尹默、谢无量、白蕉等。南社是一个讨论诗词文学的团体，而当时的书画篆刻家，又有谁是不能做诗的呢？

蔡哲夫是南社的"老资格"社员，早在第一次雅集时，他就是十七人中的一员。南社后来"林子大了"，讨论变成了争论，争论又引起了矛盾，于是内讧不断，导致最后的分化衰落。南社纷争中一个重要起因，就是柳亚子和几位社友的"唐宋诗"之争。简单说来就是柳亚子尊唐，对当时崇尚宋诗的"同光体"极为反感，而社友中也有捧宋的，于是各自在报刊上撰写诗文辩论嘲讽，发展至后来则成了互相谩骂攻击，柳亚子于是以南社"盟主"身份，屡屡登报声明开除这个、驱逐那个，结果此举又招致其他社友的反对，一时闹得不可收拾……而就是这位蔡哲夫，最后与成舍我两人在广州"另立山头"（成立南社临时通讯处）、并号召社友打倒柳亚子，重选新盟主。

我发现蔡哲夫似乎与柳亚子总是观点不一，即使在第一次雅集时他们就有过一次争论，后因柳亚子争不过而"哭鼻子"了，故彼此谅解而平息，其实分歧仍在。

此事柳在一篇《我和南社的关系》中有一段颇为有趣的记录：

忽然谈到了诗词的问题……我说，讲到南宋的词家，除了李清照是女子外，论男性只有辛幼安是可儿，梦窗七宝楼台，拆开来不成片段，何足道哉！这句话不要紧，却惹恼了庞檗子和蔡哲夫。檗子是词学专家，南宋的正统派，哲夫却夹七夹八地喜欢发表他自己的主张，于是他们便和我争论起来。一方面，助我张目的只有朱梁任。可是事情不凑巧，我是患口吃症者，梁任也有同病，两个人期期艾艾，自然争他们不过，我急得大哭起来，骂他们欺侮我。檗子急忙道歉，事情才告一个段落。

毕竟是第一次雅集，何况又是主任"哭鼻子"了，于是这矛盾也就被泪水暂时掩盖了……

随着时间的漫衍，南社中的许多名字都如风消散了，包括蔡哲夫，如今了解他的人确实不太多了，其实他也是一个擅书画篆刻的诗人。虽然我们不甚了解蔡哲夫，但若说起他的一位夫人，爱好书画的朋友就一定知道了，那就是著名女书画篆刻家谈月色。在许多介绍民国印家或书画家的资料中，蔡哲夫或有可能被忽略，而谈月色则绝对不可能被遗漏的。说起蔡哲夫与谈月色的结缘，倒又有一段故事可写：

谈月色和蔡哲夫一样，都是广东顺德人。她出身贫寒，幼年则被送入广州檀度寺削发为尼，原名谈溶溶，出家后法名悟定。然而她自幼聪慧过人，读经识字，总是胜人一筹。在寺内法师的授教下，及至豆蔻年华，谈月色的书画才能已经有所崭露，她所抄的经文，书迹娟秀清丽，气息安雅恬静，颇受人喜爱。按理，这位悟定也应和天下的僧尼一样，每晚青灯黄卷，或抄写经文、或临帖画梅，过着心无旁骛的方外生活，然而偏偏此时，聪颖的小尼姑遇上了多情蔡哲夫。

民国以后，同盟会会员南社社员赵藩、李根源、蔡哲夫等时常聚会于檀度寺，于是他们与能书擅画的悟定自然也就相识，经常邀集一起吟诗作画，谈论艺事。名士自多情，蔡哲夫逐渐被多才多艺的女尼所吸引，故常常只身前来与之研讨文艺，时日稍长，面对倜傥风流的岭南才子，法号悟定的溶溶渐渐也"悟不定"了，终于，凡心有了松动，两人由好感而互相仰慕，又因仰慕而生发了爱情。这段情感的历程并不短，据说前后共有五六年，等到真正准备还俗论嫁时，谈溶溶已三十一岁了。这至少说明他俩也非一见钟情式的，否则的话，似也太低估出家人的定力。不过，有一个版本说，最终促成这一婚事也是有原委的，因当时广州市政府有意取缔几座尼姑庵，檀度寺也列于其中。既然面临如此困境，那么蔡哲夫自然要挺身而出保护她，而最好的保护就是娶她回家。然而，蔡哲夫却是有家室之人，发妻张氏，也是南社社员，能诗能画，夫唱妇随。因《诗经》中有"哲夫成城，哲妇倾城"句，所以蔡给妻子取名字为"倾城"，为自己取字"成城"。过去人改名或取字都很随性，无论是思想还是生活，稍有变化，就要改名更字，寓意人生重新开始。因为旧时没有身份证户口本的麻烦，也不受实名制的限制，有的人遇上烦心事了就改名，而有的人遇上太高兴的事，也会改名。因此，当谈溶溶终于冲破世俗的樊篱，嫁与蔡哲夫作如夫人时，人生等于重启，蔡又据晏殊的"梨花院落溶溶月"诗句，为她改名为"月色"，取"月色溶溶"之意境，恰与她的原名融为一体。从此，谈月色之名则流传于艺坛矣。

蔡哲夫是诗书画印的全能选手，据说他懒于涉笔，故作品存世有限，虽艺擅四绝，可是无一享有大名。不过看他丰富的人生历程，也知并非平庸之辈。说他系遗腹子，自小聪明过人，八岁能写擘窠字，十岁能诗，十七岁则往上海震旦大学求学，此期间加入了同盟会。二十一岁创办《文虚报》鼓吹革命，后曾遭清政府通缉。一九〇九年也就是蔡哲夫三十岁时，主编了《天荒杂志》和《国粹学报》，并在年底参与组织了南社。翌年，蔡哲夫又回广州参加武装起义，后因政见不合而退出政界。其后，曾任过广州图书馆馆长，与他人共同创办过黄花考古美术研究院。一九三六年应蔡元培之邀到南京，与黄宾虹同任中央博物院书画鉴定研究员，并兼国史馆编修等职。自此以后直至辞世，他主要则生活在金陵了。

就现存的一些印拓来看，蔡哲夫的印章留存不多，但胎息秦汉古玺，借鉴明清流派，印风温醇澹雅，饶有古意。如"有寄堂"、"琪璧长寿"、"琂林世家"等印，章法工稳而不乏灵动；如"寿石工"、"琪父作"二印，则布局灵动而又不失妥帖。另有一方带界格的多字印，可谓哲夫为数不多的印作中之代表也："广州檀度菴画梅尼月色壬戌归顺德蔡寒琼后手拓南天金石与金石外及古物全形之记"，以隶书入印，颇浑厚古拙。此印刻于一九二二年，即是娶谈氏归后用于夫妇俩考证赏玩金石碑版拓片所记，琴瑟之谐可见一斑。蔡哲夫又字寒琼，"月色寒琼"，故好友黄宾虹曾有一幅《寒月行窠图》，专为蔡哲夫、谈月色夫妇所绘。谈月色婚后，始在哲夫指导下研习篆刻，兼研画梅和瘦金书。后又得黄宾虹、王福庵亲炙，技艺大进，所刻古玺、汉印等，婉转多姿，雍容雅逸。哲夫以隶书入印，月色则以瘦金书入印，别具一格，开了风气之先。虽说谈月色刻印从夫君发蒙，但她天资聪颖，不多年则声誉鹊起，遂青胜于蓝矣。一九三六年秋，蔡、谈二人在南京举办"夫妇书画篆刻展览",一时观者如潮,盛况空前。尤其是才女治印,格外令人瞩目,有人看了谈氏印作后不信,甚至怀疑是夫君蔡哲夫幕后捉刀,为此,蔡哲夫专写一诗而应之:"哀翁六十眼昏昏,治印先愁臂不仁。老去千秋有钿阁,床头反诬捉刀人。"所谓"钿阁",即指明代的扬州才女号称"钿阁女士"韩约素,篆刻颇有盛名。蔡哲夫自从有了谈月色,他早在五十岁时就因目力不济,而封刀不再刻印了。随着夫人的名声愈大,印艺愈高,我们比较一下夫妇二人的印作可知,差距还是有一点的。此时哲夫即便想代刀,何止是目力,恐怕才力也有所不济也!

招牌书家蒋凤仪

　　大概在上世纪的七八十年代，一般的书法爱好者，要想拜师学艺非常难，若想拜个名师那就更难上加难了。因为那时所谓的名家高手，全都藏匿于民间，既没有电视节目可以抛头露面，也没有选秀节目使之脱颖而出，即便是报纸，也时时以阶级斗争为纲，艺术闲情的介绍极其有限，所以名家犹似"羚羊挂角"，简直"无迹可寻"。哪像今天这样：百度一次，大庇天下名师皆奔至眼前；私信一下，纵使海角天涯亦手到擒来。

　　不过，缺少媒体的介绍，老百姓通常仍有自己的方式来认识书法名家，那就是——看市招！因为招牌的题字往往都是书法家所为，而且愈是名店愈有大牌的书家题写，像陆润庠题写的童涵春、郭沫若题写的燕云楼，还有刘海粟的梅龙镇、赵朴初的功德林等等，皆为沪上无人不晓的名店名招，深入人心。记得那时我正热衷于书法，走在路上，最感兴趣的就是欣赏各家各派的招牌题字，既是一种学习，也能用以养眼。大约也就是在那时，我便知道沪上一位题招牌的能手蒋凤仪先生。

说起蒋凤仪，城隍庙那一带由他题写的招牌尤多，最为著名的要算湖心亭和丽云阁等几块了。我起初看那名字，想起《红楼梦》里潇湘馆的"有凤来仪"，还以为是一位女书家呢。后几经打听，才知是住在豫园附近的一位老头，但我无缘拜识，只是闻名而已。因过去的拜师，其实有很大的偶然性，假如能自己"撞上"，那是老天赐福，而通常都不外乎是亲友老师的介绍或本属近水楼台的邻居。譬如蒋先生当年的弟子钟家隆和刘国斌等，就是因为住得近而"得月"也。国斌兄时常与我说些恩师蒋凤仪的故事，他当年就是看了先生所题写的招牌，心生钦慕而拜师的。他回忆与蒋老第一次见面，先生就借给他一册《邓石如隶书》，让他回家临摹。国斌临习之余，还专门以拷贝纸摹了一套"双钩本"，并装订成册，再请蒋老题上了"邓石如隶书双钩本"之签条。如今三十多年过去，这本因不断摩挲已经烂熟的自制"双钩本"依然保存在国斌兄的书箧中，它见证了一段学艺历程和师徒情感，可谓弥足珍贵。

在那个特殊的年代，文人和书法家都十分清贫。与蒋凤仪往来过从的如孙大雨等，也都如此。国斌兄那时年轻，作为学生常常为先生"跑腿"，他记得有一年端午节，先生特意让他捎几个粽子给孙大雨。不料大个子孙大雨见到粽子却连连摆手，说他从来不吃这玩意，并不顾老友之盛情，执意让刘国斌退回去。原来这位诗人，又是莎士比亚的翻译专家，早年留学美国，从年轻时就养成了吃蛋糕喝咖啡的习惯，所以难怪他很少有吃粽子的习惯。

蒋凤仪的书法崇尚碑学，他取径北魏，书风高古雄浑，有力扫千军之势。据说七十年代尼克松访华来上海前，仍处于"文革"期间的豫园，许多招牌因被砸已残缺不整，此时亟须请书家补写个"豫园商场"四字以应急，后请了沪上多名书法家来题写，最终经过匿名评选，就是采用了蒋凤仪所书的四个魏体大字。

过去由于受放大技术所限，请书法家题写招牌字，往往希望写成原大，然后按一比一的尺寸制作上去，这对许多书法家来说是极大的考验。大字要写得形神不散，要浑厚饱满，还要有秀逸之气，那绝非一般书家所能胜任的。然蒋老却是少数几位对大字不怵的书家，昔时有部电影《难忘的战斗》，其中有个场景是占满整墙的"富国粮行"四个大字，每字竟达两米见方，当年也是请蒋老一挥而就的。据蒋老的几位弟子回忆，蒋老写大字，无钱买巨笔，而常用的大笔不够大，他就用几支大毛笔捆扎起来写。如遇上写更大的字，蒋老也有一绝：他将家用扫地的芦花扫帚拆开，选出一些纤细柔软的枝条，根据所写字的大小，重新捆扎成一支适用的特大之笔，看似简陋之极，但蒋老写来却得心应手……

如今的书家大概已不缺买一支大笔的钱了，如今的电脑技术也不劳书家再写什么两米之巨的擘窠大字了，所以，像蒋凤仪这样能以芦花帚写巨字的书家，如今也仅是一种传说了。

书边余墨

古人的智慧

　　我对古人的智慧一向佩服，常怀有万分的敬畏。几千年流传下来的文化，想想也不会是闹着玩的，诸如诗书礼易，孔孟老庄，个中深意，即便皓首也未必穷经。难怪论语有言：述而不作。可见像孔子这样的大哲，对前人的学说尚如此谨慎虚心，那么凡夫如我辈，岂敢不知天高地厚而贸然发挥乎？

　　然而，无知无畏者总归大有所在。

　　前不久，读到一篇小文谈"古人搞错两个字"，说是很久以前在一堂课上，老师讲了"射"与"短"两个字：

"身"子仅"寸"长，释义该为"短"；而以"矢"对着"豆"，分明应是"射"。可见古人一粗心，将两个字的意思就互为颠倒了。同学们听了课后都很兴奋，仿佛终于捉住了古人的错。文章的作者似乎也深为得益，虽"半个多世纪过去"仍记忆如昨。

读文至此我哑然失笑，老师信口扯一句，学生牢记半辈子。而且在半个多世纪的漫长岁月里，作者居然也没余暇查一下《说文解字》或文字源流之类的书，便轻率作文，显然不知胡适先生所谓的"做学问要在不疑处有疑"之说。其实所谓"射""短"之错，是一则很老套的说法，时有道听途说者提起，类似的还有说"重"和"出"、"鱼"和"牛"等字义弄反的，说"重"字么有"千里"之外意，所以是"出"，而"出"字乃两山重叠，应为"重"；而"鱼"字有角又能耕田，下又有四条腿，所以该是"牛"……所此之云，皆为不通文字衍变而望文生义所致。不过以往仅限于茶饭上的闲聊和卖弄，倒也罢了，如今若是在课堂上误人子弟，或是于报刊上像煞介事地传播耳食之言，就非常有更正之必要了。

中国的汉字文化博大精深，史学大师陈寅恪常说，"读书须先识字"，这"识字"，并非指简单的认字，而是要了解文字的源流。譬如这"射"字，只要见过它的大篆体，就一眼可知乃是象形。这个"身"字，原是一把弓弩，而"寸"则是手，表示着以手弯弓搭箭作射状，和所谓的"寸身"还真没有一毛钱的关系，后来是小篆才将这把弓弩讹化变"身"。再说另一个"短"字，"矢"字虽为箭，但并非用来射"豆"，而是用来测量短小器物的。古时没尺，弓长矢短，便以弓来丈量长以矢来测量短，试举"疆"字为例，疆域的划分不仅将田地用横线分隔，偏旁还放一张弓来辅助测量。至于上古的"豆"字，也非今天所指的赤豆绿豆之类，"豆"字象形，盖指一种高脚的盛器。我们在博物馆常能看到不少青铜器的名称，都带有"豆"字旁，即和器皿相关。而"短"字并无"豆"义，或是以"矢"测器皿之高矮，再者是借其豆声而已。

　　汉字的缔造蕴含许多有趣的故事，有的高度概括，有的极具巧思，限于篇幅，无法一一例举。传说仓颉见鸟兽之迹而造字，若果真，那仓老师实在是智慧的化身，即使留有缺憾，也照样无损他的伟大。说到"搞错两个字"，我倒想起宋人笔记《遁斋闲览》中另一则趣闻，说王安石因喜好研究文字，曾著有《字说》一书，故好友石甫学士某日存心考他："鹿之行速于牛，牛之体壮于鹿，应以三鹿为犇，三牛为麤，而其字文相反，何耶？"这里提到的两个异体字今已不常用了，"犇"者同"奔"，"麤"即今天的"粗"字，石甫学士也觉得两字"弄错"。其质疑我以为貌似有理，比如灰尘的"尘"字，其繁体就是三个鹿字加一个土，形容群鹿奔逐而尘土扬起，后简化为一"鹿"一"土"（塵），可见以三鹿来释"奔"义显然比三牛更具说服力。

然而，饱学如王安石这样的大家，闻之却"笑而不答"。可见古人对学问上的质疑问难是多么的谨慎，或许他已经被"将"了一军，但在自己尚无绝对论据之前，"笑而不答"也许是最好的选择。

文字的繁简之争

汉字的繁简之争，一直引人关注。今年两会，冯小刚关于恢复繁体字的提案，再次激起千层之浪。冯导是"明星委员"，其提案的关注度自然要高于一般的学者。不过平心而论，冯导的提案措辞还是比较克制的，他只是"希望部分恢复有丰富含义的繁体字"。但到了拥护派的网民手下，则不论青红皂白，把繁体简体完全对立，似乎繁体千般好，简体万般差；写繁体字就有文化，写简体字乃是糟蹋了传统文化……如此所云，其实是不了解汉字的演变规律，也不懂得繁体简体的互相关系。说起来，需"进补文化"的倒恰恰是自己。

我对文字素有兴趣，繁体简体，如手心手背之齐观，它们皆有可爱之缘，也皆有可探之源。我们现行使用的一些简体字，虽说是上世纪五十年代由政府来颁布推行，但却不是新政府的"新发明"，而是渊源有自，代有所传。许多简体字都是一些约定俗成的古字、俗字和假借字，再有就是楷化的草字，如"尽"、"兴"、"读"、"书"四字，虽为简体，但皆是繁体之草写。文字改革专家基本遵从的是"述而不作"原则，就是尽可能地不造新字。说来也许令人不信，就我们现行的简化字中，真正独创于一九四九年之后的仅仅就一个"帘"字。如网上流传最广的"亲不见，爱无心"之类，其实都是古人的省写和草写，早在宋元时的书本上就已出现，王羲之、苏东坡也都曾写过"无心之爱"，难道，你还敢说羲之和东坡"没有文化"吗？

汉字如果从殷商时期的甲骨文算起，发展至今已有三千多年的历史，在这漫长的岁月中，它由篆入隶，由隶而章草，再至成熟的楷书、行草等，作为语言思想的交流工具，由繁趋简，是文字发展的必经之路。当然，汉字之所以能成为艺术，除了表音义之外，还须非常有形（型）。因此，汉字在演变过程中，好比名模走在历史的T台上，不单主题须演绎准确，形体也要尽可能保持完美。这也是历代文字学家都不敢也不肯忽视的问题。

所以，汉字的简化，太远的不说，就是近一百年来，也是几经争论、几经反复的。譬如清末民初的陆费逵先生、钱玄同先生，都是主张汉字简化的先驱人物。钱玄同是新文化运动的"激进派"，他原先甚至提出要废除汉字，后来缓和一点了，则提出了汉字简化的方案。这正如鲁迅先生所言，中国人性情是总喜欢折中调和的，如果你说这屋子太暗，须开个窗子，大家一定不允许。但你如果主张拆去屋顶，那么有人会出来调和，然后就愿意开窗了。钱玄同后来成了系统提出汉字简化方法的"第一人"，他先在《新青年》杂志上发文呼吁，1922年，又与黎锦熙等联名在国语统一筹备委员会第四次大会上提交"减少现行汉字的笔画案"，该提案获得会议的一致通过。稍可玩味的是，钱玄同和今天的冯小刚都是关于文字繁简的"提案"，只不过九十年前是要"求简"，今天则是要"复繁"。

　　我想，无论是"求简"还是"复繁"，相对的理由总能说上无数，然而文字演变的绝对规律却仍是"由繁趋简"。尽管我喜欢繁体字，也提倡年轻人能了解繁体字，但若说再退回繁体时代，则似乎毫无可能了。凡事就怕矫枉过正，如今对繁体字能重视，并认识到它也是一种文化就很好。这正如咱们的方言，不能总是到土生土长的孩子们都不会讲自己的家乡话了，才反思并呼吁要重视的道理一样。文化最怕的是"赶尽杀绝"，记得曾有段时期，繁体字被限定不容许出现于任何出版领域，包括书报刊头、商标、店招等，原先有繁体字的一律整改，否则将不予审核通过。一时风声鹤唳，所向披靡。就连我们的人民币也未能幸免，好端端的一行"中国人民银行"题字，就因"国"和"银"两个繁体字，不惜以挖补手法粗暴地改成简体，以致两个字极其生硬而勉强。我每每瞥见之，心里是既恨又爱：恨的是这两个别扭的字，看了难受；爱的是这攥在手里的，毕竟是属于自己的人民币！

读书须先识字

民国时代的刘文典教授，在西南联大开讲《红楼梦》时，总是先慢条斯理、摇头晃脑地说一句："宁吃仙桃一口，不吃烂杏整筐！"然后一堂课下来，只讲了《红楼梦》里四个字。他的意思指《红楼梦》就是"仙桃"，哪怕仅尝一口，也胜过"烂杏"一筐。我觉得这种说法，用来比作读书，最为恰当不过。

眼下的图书市场，繁荣过盛，"仙桃"虽有，但"烂杏"更多。于是乎，桃红柳绿，杏花春雨，迷人眼目，一片朦胧。那么，如何在芸芸众多的"烂杏"中挑出

"仙桃"？倒是对读书人眼力和品位的考验，若没有一定的"阅历"，难免会眼花缭乱，无所适从。记得史学家钱穆先生就曾经对年轻的读书人一再关照：读书最好读已经有二三百年以上历史的书，这种书经二三百年犹未被淘汰，必有价值。我想，钱老是老一辈的学者大儒，饱读诗书，定力深厚，他的话到我们这一辈执行起来，打一点折扣自然是免不了的。所以，二三百年的做不到，百年以内乃至二三十年总还是可以的。

人生有涯，读书无涯。以"有涯"对"无涯"，那么就不能盲目，有所选择则是必须的。过去有"恨不能读尽天下书"之类的豪语，如今则不必有"恨"，我想，"弱水三千，只取一瓢饮"，读书大约也是此理。

也许，或多或少是受了前辈读书人的一点影响吧，我过去就有一条准则，叫：游戏玩新，读书求旧。游戏当然是版本愈新愈好，而读书则还是旧人旧作比较可靠。这里的"旧"，当是指作者年龄的"旧"和写作时间上的"旧"，换句话说，也就是有一定时间积淀的书和一些学问圈里老先生的书。

《流沙河认字》是我自去年来一直置于枕边的新书。作者流沙河如今也是一位耄耋老先生了，但他的那支才子之笔，写起文章来，却纵横捭阖，老而弥坚。书名说是"认字"，其实是探求汉字的源流、衍变，每篇短则六七百字，若是几个字串起来说，长的也有一二千字，但读起来却妙趣横生，饶有意味。说到文字学，我国汉代学者许慎的名著《说文解字》，是后代研究文字或做学问人的必读经典。亏得流沙河先生学问宏富，才情横溢，他在诠释文字义理过程中，既能引经据典，又能另辟蹊径，常常还写出了《说文解字》中所没有阐述的新意。再加之流沙河先生文字幽默，亦庄亦谐，把原本似乎是很枯燥的文字，讲得风生水起，涉笔成趣。譬如繁体一个"進"字，我们都知道，是"走之底"加一个"隹"，"隹"就是小鸟，古时带"隹"的字，大多和鸟类有关。像麻雀的"雀"，它的上半字其实不是"少"，而是"小"，是"小"加下面的"隹"，麻雀不就是小鸟么。那么，为何前进的"进"字，也要用鸟来表现呢？那说明古人观察万物都很仔细，因为人和兽皆可以后退，唯鸟类不能退飞，所以，凡鸟类行走或飞翔，都是前进的。现在的简化字，弃"隹"而改"卂"，流沙河先生说，"难道要去跳井？"

中国的汉字文化元素丰富，博大精深，过去读书人做学问之始，先要读小学，这小学，其实就是文字学。史学大师陈寅恪也常说，"读书须先识字"，学者倘若不先识字，则无以名百物。因为在这识字过程中，我们就能学到探源溯流、辨伪存真、比较分析、触类旁通的治学方法。《流沙河认字》，书名看似浅显，然而字里行间，却天文地理、草木万物，包孕无穷。同时，读过流沙河先生的文章，你会愈发感觉到古人的智慧之深邃、文字的趣味之无穷。

愿作鸳鸯不羡仙

著名金石书法家陆康先生，近些年于挥毫耕石之余，抽暇致力于乃祖陆澹安先生遗著手稿的整理选编工作，澹安公生前治学涉猎甚广，新旧文学兼治，且著译丰赡，皇皇有近千万言。这些著作稿本或早年虽有出版，然今已难觅；或深藏于书箧，从未面世。然陆康先生有志于此，一一翻检披览，分类梳理，不急于一蹴而就，只愿能集腋成裘，故数年来也成绩斐然：三年前出版了"陆澹安文存"第一系列，即《说部卮言》《小说词语汇释》《戏曲词语汇释》三种，前年又出版了《澹安日记》

上下两厚册，去年又注释出版了《澹安藏札》……如此，"陆澹安文存"系列亦蔚然初现也。

今夏，澹安公又一册手稿《庄子末议》影印出版在即，陆康先生嘱我写一篇文字，以代前言。晚生愚钝，于学问本属外行，更何敢置一辞？然而当我翻看澹安公的一页页手稿墨迹时，又不禁被那楷法清健、方峻古雅的蝇头书法所吸引。先贤手泽，尽管历经半个多世纪的岁月沧桑，一旦亲近展读，依然散发出一股难以抗拒的魅力，让人怦然心动。我想，澹安先生的学问博大渊深，自不容我辈置喙，那么索性避实就虚，不谈学问，仅以澹安先生这充满文人气息的手稿墨迹，正好谈谈先生的文人书法，又有何妨？

民国时代的文人，擅书者多多。然而除了几位于书坛上享有盛誉的大家之外，大多却并不以书法鸣世，尽管他们有很好的书法功力。陆澹安先生也是，比起他于文坛上的诸多建树，在书法艺术上，外人了解他的还真不多，这也就是所谓"书名为文名所掩"之故。其实依我所知，澹安公不仅擅书，还精于汉碑的考据和拓片的收藏。据陆康先生回忆说，儿时居客厅，时见祖父飞翰临帖，或楷或隶，或双钩好大王、武梁祠画像等碑帖。还每天用米字格写上几个楷字，命其临写，写好了则以饼干或花生米作奖励。可以想见，那时的饼干与花生米在孩童的眼中是多么的香甜？长期以此作诱饵，也难怪陆康没有辜负，其后孜孜矻矻几十年，今天终于在书坛上独树一家了。

再说陆澹安先生之书法，其真书初学多宝塔、玄秘塔和九成宫，基础纯正，法度森严，尤得柳字的清健与刚正。隶书则取法甚广，张迁、曹全、礼器、乙瑛、衡方以及西狭颂、三公山等均有研习，还曾一度将隶书的扁方结体改书为长方以求变化与突破。陆康说，祖父晚年于隶书更喜欢清灵柔美、重趣味一路。他自己曾在一段跋语中写到："曹景完碑于柔媚中见刚劲，在汉碑中别具一格，老来雅喜此，欲以医少时剑拔弩张之习。"从中也可窥出澹安先生对汉隶审美趣味的前后变化。

早在上世纪二三十年代，陆澹安先生的书法在文人圈内就小有盛名，其时大凡报头题书、书刊题名以及友朋题匾等，时有所见。我在郑逸梅的文章中也读过这样一则趣话，说当时沪上有位活跃的书法家天台山农，擅榜书和市招。某次有人请他于摩崖上题字，硕大无朋，山农自感力怯，难以胜任，遂介绍陆澹安代为解难，只见陆磨墨盈斗，运肘挥毫，居然写得天骨开张，超凡绝俗。这则轶事力证了陆澹安先生不仅小楷精到，而写起擘窠大字来，也同样有着不凡的功力。而早在一九二六年，沪上一张《金刚钻报》，就刊有关陆澹安的数则书法润例，这倒是多年前出版有"集旧上海书画润例之大成"的《近现代书画家润例》所失收的。于润例前，《金刚钻报》的老板施济群先生有一段小启："老友澹安，写得一手好字，行楷篆书，色色精工，但要算隶书的功夫，下得最深，我眼见他足足写了二十多年的汉碑了。近来写隶的人极少。像澹安这一手书法，在现代书家中，实在是不可多得……"

这几句广告词写得简要、公允，既无花哨之辞，也基本无夸大拔高之嫌。不过世人皆以为，澹安先生的汉隶功夫了得，能善诸种碑体，而往往忽略了他的楷书。

其实我倒以为澹安公的楷书自成一家，别有韵味，比起他的汉隶来似乎更为我所喜爱。读者无论从已经影印出版的《澹安日记》或是这一册《庄子末议》的墨迹手稿中，都可欣赏到澹安公的小楷书法，虽为手札体，字小如蝇，然其楷法精到，用笔含蓄，即使是长篇手稿，也照样写得首尾一律，形神俱在。澹安公的楷书风格，总体说来，结体修长、线条挺拔、中宫紧缩、上宽下窄为其外貌特征。而其落笔时善用粗细的变化，粗则铺毫重按使其丰满，细则牵丝带过也不失劲挺，显得别有风致。所以他的楷书虽脱胎于柳字，但于粗细变化中则比柳字更夸张。陆康说祖父的楷书还受到状元陆润庠和袁寒云的影响，所以带点台阁体的时习，但敦厚却不呆滞，庄重又不失清灵秀逸之美。我以为，在楷书线条的挺拔和粗细变化上，陆澹安虽和袁克文的字有相仿之处，但袁字落拓放荡，不拘小节，而陆字则谨饬规整，清正雅逸。这一点又和陆澹安先生的为人极为相似，澹安公一生澹泊自安，与世无争。他的人生有两点坚持不变：一是从不做官，二是从不加入任何党派。潜心教书与著述，不随时俗或时政所移。

许多人知道陆澹安先生最广为流传的，就是由他改写的《啼笑因缘》《秋海棠》弹词，当时一经传唱，曾红遍大江南北。加之陆澹安也写通俗小说，与一批"鸳蝴派"作家如严独鹤、平襟亚、范烟桥、秦瘦鸥、程小青等，过从甚密，所以当时的评论家也将陆澹安归为"鸳鸯蝴蝶派"的一员。对此陆澹安虽不认可，但一笑置之，曾也"顺水推舟"，以"愿作鸳鸯不羡仙"的诗句自我解嘲。其实，自上世纪四十年代后期，陆澹安先生已将自己的主要兴趣转到学问研究上来。《庄子末议》一书，即写于四十年代。其后十多年内，澹安公勤于笔耕，硕果累累，对金石碑版、文史戏曲等作了大量的考据，写了《列子补注》《汉碑考》等多种学术著作。我时常纳闷：旧时的文人，居无定所，四处云游；交游娱乐，诗酒风流。而他们涉及的领域、留下的著作倒也不少，且金石书法，样样精通，如果不是天才加勤奋，这些学问功夫，真不明白究竟是何时练就的？

"嘉平集雅"

　　相对于时光而言，大概人的感觉总会慢上一拍或是几拍的。昔庄生感叹道："人生天地之间，若白驹过隙，忽然而已。"光阴荏苒，几乎是一眨眼的感觉，我们的老师得涧先生居然也接近了花甲之岁，然而在我的印象深处，当年听先生讲课时的清晰记忆，恍然如昨。如今二十多年过去，不知不觉中，白发早已悄悄地爬上先生的额头，而我们这些弟子们，也都挈妇将雏，进入了不惑知命之间……沉浸于艺术的人们，似乎都不知老之所至，自以为忘记了岁月，然而，岁月却从未忘记了我们。

感觉有时真有点奇怪，记得我当年第一次听先生讲课时，是一九八三年，现算起来，那时先生其实才不过三十四岁，但在我的印象里，却一点也没觉得先生年轻，反而感觉他几乎无所不知无所不能，是个本领非常了得的书法篆刻家；而今天，我时常和先生在一起时，又丝毫不感觉他老，仿佛还是当年的讲课神情和说笑的模样。也就是说，从前，我记住的是先生那一份从容与成熟；现在，则记住了当年那一份青春的潇洒与幽默。为何总是保留着这两种与年龄相反的影象？细细想来，这种奇怪的感觉，也许是缘于艺术家和艺术作品的联系吧。因为对一位艺术家来说，其作品无疑代表了他的第二张"面部表情"，两者不仅在气质精神上有高度的统一，而且还会互为渗透互为弥补甚至是互为替代，并可交相辉映。所以，艺术家的年龄是最容易让人忽略和忘记的。有时作品的成熟与老到，往往掩饰了作者本身的稚嫩；有时不断创新精进、始终有一种艺术鲜活力的作品，又仿佛使作者青春常驻、容光焕发。

我想，这也许就是对我那种奇怪感觉的诠释吧。因为，在我的印象中，得涧先生的作品总是传统又时尚、鲜活而超前的。熟悉的朋友都知道，得涧先生治印，出秦入汉，取法高古，作书则渊源有自，融会贯通。然而宽厚的个人学养以及高超的审美趣味，又使之在艺术道路上，终究是一位食古能化、自开面目的大家。得涧先生的作品，时常给人带来一股鲜活清新的时代气息，可是即便再"新"再"鲜"，而传统的浑穆典雅、端庄自然，以及文人书画中必不可缺的书卷气，却始终蕴涵在他的章法、点画之间。难怪著名学者冯其庸先生也赞赏曰："一闻刻石融古为新，古新一体，浑然不分，此为难能。"对一门传统艺术而言，其难就难在能否"融古为新"，所谓传统而不失时尚也。而这一点，我以为得涧先生不仅是做到了，甚至还做得游刃有余。

在笔者看来，所谓"传统而不失时尚"，其实正和先生的气质十分吻合。就弟子廿多年的聆教与体察，我感觉得涧师就属一个"传统而不失时尚"的文人艺术家。民国之初曾有句口号谓"中学为体，西学为用"，套用一下，我以为得涧先生则是"传统为骨，时尚为形"，因为骨子里是个非常传统的文人，所以为人处世，总是恪守传统的原则，丝毫也不马虎；又因为处于这样的时代，所以待友接物，也无妨以时尚的形式，一点也不迂腐。这是一种人生的变通，唯有把人生参透，一切就都可以打通了。我想，得涧师的作品何尝不也是如此：传统走到极致了，走通了，也就变成时尚了。

若按传统的观念来看，人到六十，走过了干支纪年的一轮，是值得庆贺的日子。而照时尚的说法，那么六十岁，恰好又是新的人生刚刚开始。所以，在得涧老师即将迎来六十寿诞的喜庆之际，我们一些弟子们策划编辑了这册《嘉平集雅》。在这本书画集中，有先生多年的师长以及同道好友的作品，如德高望重、年近九十高龄的魏启后先生、书坛耆宿马世晓先生等。先生说之所以惊动了这数十位海内外名家师友，并将作品荟集成册，主要是为了记录他们之间的友谊、留存这一份感情而已。除了这些师长的作品外，我们众多弟子们的习作此次也同时被选编入册，这对我们而言，不啻为一次非常难得的汇报与交流。虽说弟子们才力有限，只能于先生这滔滔江海中取一瓢饮，得艺海之万一，但我想，只要是学得真正的一点，也是受益无穷的。

境界是玩出来的

承嘉禄兄的雅命，让我为他即将出版的一本新著《快乐收藏》写一篇文字。我虽有些惶恐，但还是不敢不从。一来是嘉禄兄于我亦友亦师，平日里在读书写作上对我的帮助和提携颇多，我想，他敢于冒一定之风险，嘱我撰文，其实也是他换一种手法的提携罢了；二来是嘉禄兄待友真诚，不玩虚的。我和他交往多年早就了解，他诚心要帮你的事，总是倾力而为，而且又让你很难推却。于是，尽管有点佛头著秽的意思，但我还是斗胆提笔了。"雅命"若一再相违，就不够雅了。

对于嘉禄兄，我总怀有十二分的佩服，他那过人的才力是朋友圈内所公认的，随便啥内容的文章，随便啥文章的内容，到他的手里，几乎都能倚马可待，且下笔千言。我曾见过他一边公务、一边接几个电话、一边就将一篇应制文章搞掂，大有"谈笑间，强虏灰飞烟灭"之概。许多不太熟悉的读者，提起沈嘉禄的大名，大多都会有这样几个称谓：先是小说家、散文随笔作家，后来又是美食评论家、收藏鉴赏家……没错，这四顶桂冠嘉禄兄每顶基本都可以当之无愧，只是次序上互为穿插而已，并没有绝对的先后。我以为，对通常才力的人而言，能在一项领域中，做得认真、干得漂亮已经很不容易了，而嘉禄兄居然在四项领域中应付裕如，一而兼四，实属不简单。他使我想起阿根廷那玩帽子的杂耍演员，四顶帽子轮番戴，既稳又快而不乱。当然，玩帽子的功夫主要靠的是苦练，而摇笔作文之事，仅靠苦练还是远远不够的。

过去常说一句老话，叫对待革命工作，要干一行，爱一行。我估计嘉禄兄也有点类似，他对待自己的爱好，是爱一行、学一行、专一行。他有文学的才情、艺术的天赋，因此许多门类的艺术，他往往一学就会，一会便通。在收藏领域，嘉禄兄对陶瓷、老家具有非常精深的研究，并出版了多本专著，譬如他几年前写的《时尚老家具》和《寻找老家具》两书，已被都市的家居时尚人士奉为圭臬，并成为老家具爱好者的入门必诵读物了。而除此以外，于书画琴棋、紫砂壶艺、雕塑印章等，他都有非常专业的鉴赏水准，这些都源自他浓厚的艺术趣味。嘉禄兄爱好自由从不做官，且无论大小一概敬而远之，所以他能始终保持原汁原味的人生趣味，是趣味引导他在诸多艺术门类中乐此不疲地寻径探幽，并达到触类旁通的境界。

清代的张心斋曾言："情必近乎痴而始真，才必兼乎趣而始化。"试想，如果你奋力追一位美眉，但所表现出的却是轻描淡写有意无意的姿态，怎么能让人觉得你是情真意切呢？而一位才气十足却又毫无趣味的人，想必他的才气还没有"开窍"，那么又如何能进入理想的化境呢？因此，趣味往往是挥发才气的催化剂，我以为嘉禄兄就是这样一位才趣兼得的人，他的趣味永远多而广，所以他那底蕴深厚的才力也就不断地被激发，以至于能在不同的艺术领域中左右捭阖、游刃有余。

在这本《快乐收藏》的集子中，嘉禄兄写了十八位海上藏家，他们的故事饶有趣味，藏品各有特色，如西洋老家具、书画陶瓷、古砚印章以及紫砂壶、藏书票、月份牌等等，这些收藏无不凸现出海派文化的特点。说是写收藏，其实作者更关注的是藏家的本身。书中的这些主人公，如果更准确地称法，他们都不是单纯意义上的收藏家，而是收藏文化的玩家。在嘉禄兄的眼里，收藏家必须要有快乐的心情，带着游戏的心态，保持赏玩的兴致。我想，任何一项艺术，也许"玩"才是最高的境界，因为只有在"玩"的时候，心情才最愉悦，心态才最放松，距功利得失才最远。所以，境界其实也是"玩"出来的。像昔时大藏家叶恭绰、张伯驹等先生，都是高境界的"玩家"，再精美稀世、再价值连城的藏品，他们最终也会分文不取地送人或是捐出。如果在历史的长河中，我们的生命只是匆匆过客，那么稀世倾城的珍宝，传承递嬗，有缘让你经眼过手，拥有把玩，即便只是瞬间的停留，也应该知足满足了。而若像唐太宗那样，非要把兰亭真迹与自己一同香销玉殒，那只能说明他还没达到真正的收藏境界。

写收藏文章的，最怕的就是外行轧闹猛，或张冠李戴，胡扯一气，或隔靴搔痒，泛泛而谈；也怕的是内行充专家，动辄长篇宏论，絮絮叨叨乱侃一通，而读者则云里雾里不知其所云矣。但是，读嘉禄兄的文章都不必有此顾虑。嘉禄兄的行文风格素来以轻松幽默、亲切透彻著称，在收藏领域，他自己就是一名玩家，所以，写起来自然如庖丁解牛得心应手。我有时想，读这类文章，其实"沈嘉禄"三字就像是一个传统的老字号或是知名的顶级品牌，有这块牌子在，我们就知道，其用料和做工都不会差。

铁笔点石　金针度人

　　在我的心中，一直存有为徐正濂先生写一篇文字之想，说起来这念头也有十多年了。早在上世纪九十年代，那时作为中青年篆刻家的他，正逢国内印坛声名鹊起，其印章作品频频在全国大赛上亮相并获奖，以他名字命名的篆刻函授班也非常红火，加之文章又屡见于报刊并引发关注和争议，可谓"锋头正健"。我那时也许不知深浅，虽说涌上了写作的冲动，可是真当铺纸捉笔时，却又感才力不逮，不知从何下笔。此事一搁也就搁下了，好多年都未曾提起。

后来一次偶然与正濂先生聊起，他说不急，等我以后再出书时索性给你个机会，让你写篇序吧。起初我还以为他是说说而已，而当几天前他真的将一册书稿撂给我并命我作文时，我却略有压力了。按理，这些年来正濂先生命我作文的事，我已稍有点习以为常了。因为自他主持上海书协一张报纸的笔政始，蒙他错爱，嘱我每期撰稿已有六七年之久，每每均在其不断督促鞭策下敷衍成文，不胜惭愧。然而，写稿和写序还是有所区别的，我想起了《韩非子》中"滥竽充数"的故事，以前报上写稿，仿佛是齐宣王使人吹竽，必三百人合奏。偶有参差上落，也无大碍；如今书前作序，又好比是齐湣王听竽，是骡是马，喜——拉出来溜了。而此时的我，却又不能如南郭处士那样，卷起铺盖一走了之啊。

……

曾听沪上一位前辈说起，他三十多年前访来楚生寓处，欲从来先生学书法篆刻。不料来楚生却说，你年纪轻轻，身强体壮，不好好找个活干，学此何用？来的言下之意，书刻之道乃为末技，如不准备将来挨饿，还是趁早别沾。当然，来先生可能说的只是气话。像他那样一身本领的大家，在那个年代而得不到应有的待遇和尊重，是环境的局限与时代的悲哀。也许这一页已经翻过了，如今只要你的功夫确实上等，个性鲜明又不同一般，那末"锥处囊中"，在这多元的社会里"脱颖"总是迟早的事。譬如篆刻，说起来都知道这是一门小众艺术，但其可供驰骋的天地则一样广阔，关键还是看你的技艺和特点如何？如果真能达到来楚生的境界，或者，就如徐正濂的本领吧，我想且不说身后功名，仅凭此而安身立命或养家糊口至少是绰绰有余的。

在我的眼里，徐正濂先生就是一位技艺纯熟、个性鲜明的篆刻家。我们都知道学印章要师法古人，要能"熔秦铸汉、旁逮明清"，就像今天选拔领导干部"走程序"一样，这是一条必经之路，因为它解决的就是你的见识、技艺是否能到达一定高度的问题，应该说，许多知名篆刻家都走过了，做到了，而至于如何再走出秦汉、走出古人，使自己的作品特点更鲜明，贴上自己的"标签"，则绝大多数篆刻家做不到了，没辙了。齐白石先生有一方印"不知有汉"，看似取自陶渊明句，实则却表现了他于印艺上卓尔不群的自我风格，当然，他做到了，所以他有这个自信。而正濂先生的印章，具有鲜明的个性特点是毋庸说的了，尤其是近十年来，我以为其独特的风格已趋于稳定，也就是"招牌"更明晰，这其实是非常不易的。尽管我也听到对他的印章风格有争议，有褒贬，但这恰恰说明了他的作品有生命，有活力，因为艺术从来就是不怕有缺点的，怕的就是没特点。我们在艺术上常说的"无瑕可击"，可能是人们对艺术追求的至高境界，但一定是永远也追求不到的，所以才有魅力，才有一厢情愿的向往。这和许多道理是一样的，如果轻易就追到了，也就无味了。

徐正濂的印章，线条非常直截劲爽，方圆自在，妙趣天成，有时又仿佛如手写一般，铁笔走石，一挥而就。他的文字结体和章法最具奕奕神采，常令人眼前一亮。细细品之，有烂漫之态，有含蓄之味，也有幽默之意。这使我想起了他的文章。其实他的文章和他的印章，风格是相当吻合统一的，生动简略，泼辣风趣，读之如闻其声，如见其人。

有很多人都曾与我提起过徐正濂的文章，可见他的文章给人印象之深。说实话，我自己也非常喜欢他的文章，以前送我的一册《诗屑与印屑》，尽管已有好多年了，但至今我偶尔还会忍不住取出读上几篇。正濂先生为文的最大特点，就是没有学究气，没有迂腐气，即便是谈篆刻理论，也照样说得生动有物，明白如话。他基本不说"正确的废话"，我们读过太多的所谓理论文章，絮絮叨叨，洋洋洒洒，所言虽不算谬，然而尽是些无错的也是无用的"废话"。而这一点，我们在徐正濂的文章中是从来不见的。

这本《徐正濂篆刻评改130例》，即正濂先生以文字的形式点评不同印稿的专集。从内容到文字、线条、章法、风格等，他都有具体的分析与评说，虽说这也算是篆刻专业的文字，但初稿到手时，我篇篇读来，兴味盎然，未感丝毫的枯燥。因为他每方印都说得具体，说得到位，金针度人，不玩虚的，也不说"正确的废话"，所以读后往往会让人有所得，有所思，不觉乏味，却堪玩味，这应该就是正濂先生文字的魅力了。我记得从前章太炎的大弟子、文字学家黄侃带弟子时，就扔一本《说文解字》让弟子标点、诵读，读完标完，书也破了，就再扔一本要求弟子再点、再读，并说，哪天你读《说文》读出诗词小说的味了，那你也就通了。我想每位先生的教授方法都是不同的，但若能将专业化为游戏，所谓"治大国若烹小鲜"，那他肯定就是一等一的高手了。据我所知，徐正濂先生的授徒方法也是别具一套的，他的"十年函授"，引来全国"弟子三千"的美名，虽略有夸张，但我相信也绝非"浪得虚名"也。

说了一些徐正濂先生的印章和文章，最后，我还想说说他的书法。也许在篆刻的盛名之下，他的书法似还不被人注意，即便偶一露面，也是"神龙见首不见尾"的样子，但你若一旦见过，就绝不会忽略了。正濂先生擅行草篆隶，尤以篆书独树一格，虽取石鼓的结体，但却用汉篆的方折线条，参以汉砖瓦当文字，写来宽博率真，古拙不俗。在气息上也是秉承其篆刻的一路风格，重趣味，尚自然而不失古意，应该说假以时日，其书印水准足可比肩。我想起齐白石曾经说起自己的"诗书画印"排名时，是"诗一书二印三画四"，我想以后徐正濂先生戏说起来，也不妨来个"书一、文二、印三"的格局，或许即便真说，也并非妄言。

"雷聋山房"

文人书画家都喜给自己的书斋画室起个别号，据说此习最早可追溯到汉代，宋元明清渐成时尚，名气大的如放翁先生的老学庵、震川先生的项脊轩，还有像青藤书屋、知不足斋、饮冰室、两当轩、悔乌堂等等，或抒怀咏志，或遣兴寄情，或借景解嘲……难以尽数。然而，前辈风流从未绝响，今人也不甘落后，尤其是舞文弄墨者更甚，除了借号明志外，有的书画家起斋号还喜欢信手拈来、即兴发挥，于是，斋号中往往蕴涵了许多有趣故事。

在我熟悉的师友中，大概要数书画篆刻家吴颐人先生的斋名最多了。就我所知的，如早期有忘我庐、壬壶斋、溪饮庐等，后又有绿云楼、三难堂、嘶云阁、逐鹿山房、千万莲花院、两天晒网斋、白驴禅屋……几乎每一个斋号都可说上一段生动的来历。如其中的"两天晒网斋"，毫无疑问，即取自成语"三天打鱼，两天晒网"。或许令人纳闷：这句成语应是形容做事缺乏持之以恒的精神，然而像吴颐人先生这样搞艺术卓然成家者，如此这般将何以堪？问之，颐人先生则笑称自己还真是个经常"晒网"者："许多人都以为我如何如何用功，或日日临池、天天操刀什么的，其实不然。我是兴致来时，一天写到晚；雅兴去时则连日懈怠，笔墨印石碰也不碰。"不过，就我们今天的眼光来看，这"两天晒网"还真是必须的，起码它符合了保护生态以及可持续发展的理论。如果天天"打鱼"而没有"休渔期"，显然是目光短浅的不明智行为。其实艺术也一样，它也同样需要"休渔期"，有时停一停，看一看，放一放，想一想，或许比一味地埋头"打鱼"更重要。

在艺术上吴颐人是个"多面手",书画印可谓各擅胜场。他曾刻有一方自用的斋名印"白驴禅屋",看起来别有禅意,实乃是他作画私淑八大山人、齐白石、李苦禅等写意一路,故从三位大师的字号中各撷一字所成,在此方印的边款上他刻有四句是:"远法个山驴,中师白石翁,近尊苦禅老,一屋尽春风。"由此可见他虚心向学、对前辈大师仰慕尊崇的态度。说起前辈大师,吴颐人说自己还有更崇拜的两位,即吴昌硕和潘天寿。潘天寿作画虽从吴昌硕出,然而却能不为所"罩",跳出缶翁掌心,另开生面,实属难能可贵!或许也算是"白驴禅屋"这个斋号的衍生吧,今年刚届古稀的吴颐人先生,又从潘天寿的别号"雷婆头峰寿者"以及吴昌硕的别号"大聋"中各取一字,用"雷聋"二字,为自己起了个新斋名——雷聋山房。并且,幽默的吴颐人还给它注了新解。

吴颐人常说自己耽于书画印章,纯属兴趣所向,好玩而已。那么"雷聋"者,用沪语读之:"烂弄"也。所谓"雷聋山房",即自己"烂弄八弄"、"烂弄三千"之谐音，也就是独自瞎弄、乐在其中也；再者，搞艺术也须耐得住寂寞，尽管外面热闹如雷，但自己有时要学会"装聋作哑"，不参与一些无谓俗务，方守得住自己一片宁静。此也"雷聋"之另一层意思，或如前人所云："懒于时贤论短长。"吴颐人曾说，艺术贵在个性，短长冷暖，自知即可，何必与人趋同？

风骚一领三千年

有道是"天上一日，世间千年"。时髦的网络用语，于虚拟的半空中传播才数月，而传统的书法，早已在世间流传了几千年。两者看似霄壤，遥远得不可捉摸，然而一经"嫁接"，仿佛"天上人间"，不无完美。

中国的书法艺术，妙在形义兼具。其章法线条，疏密婀娜，或可悦目；其丽句华文，禅意妙理，足以赏心。以前名家尺牍、文人诗稿，多为传达信息之实用，赏析养眼退其次；如今嘉言警句、唐诗宋词，则渐渐已褪却了实用之功能，艺术欣赏为首要。书法而成为艺术，文人则变为书家。这一本《康·祥笔谈》册页里的两位作者，陆康和朱祥华，虽为书家，实乃文人，他们有相当的笔墨功夫，但更具笑看人生、游戏笔墨的文人情怀。用传统来诠释当下，以时尚来嫁接古老，这种烂漫无拘的结合，教人读之会心、阅之欢欣。

莫以为传统的古老，配不了时尚的新潮。其实，中国书法才是文人的永久时髦。多少流行，随风终成云烟，唯有书法，却悠长绵延，从遥远到今天，风骚一领三千年。

"耕玉斋散叶"

在我众多的同道好友中，要说风格严谨、做事认真的，大概非吴友琳莫属了。

因此，当友琳兄嘱我作序时，我是丝毫不敢违命的。我想，因为他很严谨，之所以在几位学弟中选我作文，自然有他的说法。即便我再找什么样的理由推却，估计也会被顶回来的；又因为他很认真，我倒也不敢随便敷衍。我们都知道，对付认真的人，只有以同等认真的态度应之，才是唯一"出路"，否则，"下场"往往会不太妙。

然而，作文是应承下来了，但我天生的不认真以及疲沓的性情，一时仍难以"从良"。于是交稿限期一拖再拖，甚至友琳兄那边的大著几近付梓，我这边才无路可退，只得勉为其难、率尔操觚了……

　　看来，严谨认真也不是轻易能学的，非有优质之品性和坚定之毅力不可。这一点，我倒是十分钦佩友琳兄的。据我所知，友琳兄自幼就生活在良好的读书氛围中，家学的渊源使他儿时便养成了严谨认真的读书习惯。也许是受祖父元亭公的影响吧，少年的他即与传统文化结了缘，并耳濡目染，渐渐也就形成了自己的兴趣所向。尤为幸运的是，在治学的道路上，他总能获得名师的亲炙，早在青年时就追随得涧先生学印，近年又拜长风先生学诗。虽说友琳兄成名于印，但由于兴趣广博，才艺多样，所以他书画篆刻诗词文章，可谓花开五叶，各有浸染。其实，这些传统的文化艺术，都是一脉相承、互为生发的，毫无疑问，诗词文章的爱好，为他的书画篆刻积累了无穷底蕴；而书画篆刻的训练，又赋予了他诗词文章的丰富内涵。

由于爱好颇多，且均须工作之余进行，故唯有加倍地惜时用功，方能一一兼顾。数十年来，友琳兄的好学勤勉是众所周知的。书画刻印之外，他每天都坚持读书三五小时，电视几乎不看，即使大年初一，他也会早早起床晨读临池，至于朋友之间邀约的娱乐活动，则很少参与。我想起自己曾做过一副嵌名联："明月一窗常继晷，闲书半榻亦平心。"说来真是惭愧，这"明月继晷"的事，在友琳兄的身上，倒是实实在在的常态，于我实乃"虚招"也，不过是为了嵌名，而借来附庸一番而已。友琳兄别署耕玉斋，"耕玉"二字，映现了他于砚田玉石间不问收获、默默耕耘之情景。他还有一方自刻的常用印"甘守澹泊"，显示了友琳兄不慕时尚、沉潜艺术的执着与自信。

自与友琳兄订交以来，掐指一算，至今大概近三十载矣。不知不觉间，友琳兄居然也过了知命之年。旧时的文人，五十之年，常常要做三件事：刻一部稿，置一顶轿，娶一个小。当然，"置轿娶小"之类，都是封建时代的陈腐玩意，如今不提也罢。不过，就"刻稿"而言，则是古风犹存，余绪不绝之雅事也。友琳兄的这本《耕玉斋散叶》，在友朋的怂恿催促下，终于也将"刻稿付梓"。我以为将平素积累的一些随笔散叶加以荟集，有序跋，有杂感，虽无主题，也不限体例，然编纂一册，聊以纪念，也不失为人生一乐也。文章虽"散"，但独立成篇，形神未必散也。我想，所谓织锦咏絮，为技殊小，虽不足以测宇宙之大，万象之奇，但我们从其字里行间，却还是能窥出一点印人的趣味、文人的性情。

文心雕龙也雕虫

大概谁也不曾料到，篆刻这门小众艺术，如今似乎已渐渐走出小众面向了大众，变冷门而为热门。君不见近来有关印章的拍卖专场，槌起槌落，涨声四起；而一些篆刻名家也是门庭若市，应接不暇。古人所谓"雕虫篆刻，壮夫不为"，显然是"低估"了篆刻艺术的发展潜力，一千多年以来，走过了唐宋的低迷，经过了明清的崛起，而当今或许可以算是篆刻艺术的最鼎盛期了。你完全可以感觉得到，如今的篆刻艺术，已被很多人所喜爱并欣赏；如今的篆刻家，也不再是藏于书斋无人识的刻字匠了。过去只能是"雕虫"，现在完全可"雕龙"。或者，至少也可像语言学家王了一先生那样，来个"龙虫并雕"吧。

不过，"雕龙"或是"雕虫"，若没有一颗"文心"，依然难以"雕"好。虽说南朝的刘勰指的是作文，然而天下但凡能让人赏心悦目的事，莫不如此：跳舞唱歌，做诗弹琴，泼墨绘画或是写字刻印……我想，做买卖，讲究的是"诚心"，搞艺术，无疑则是要靠"文心"了。

说到"文心"，我觉得印友孙君辉，就是这样一位具有"文心"的篆刻家。粗略一算，认识君辉兄已将近二十年了，他给人的印象，始终都是一副文弱书生的模样，低调谦逊，自然随和。其外祖乃现代篆刻大家陈巨来先生，君辉年少时，外祖父刻印写字，他随侍在侧，耳濡目染，获得了最初的启蒙。后及年长，巨来公视其孺子可教，始正式传其印学。众皆所知，陈巨来先生有"元朱文天下第一"之誉，他工整一路的印章，造诣精深，开宗立派。秦玺汉印的传统风格，在他的手下，表现得炉火纯青。尤其是细朱文印，线条流转挺拔，章法华丽富贵，为海内外书画界所珍视。八十年代初，陈巨来先生的一册《安持精舍印冣》出版，曾风靡印坛，轰动一时。我清晰地记得，当年《安持精舍印冣》的初版定价是十一元六角，这在一般图书仅售两三元一册的当时，实在是不菲的高价了。我思想激烈斗争了多时，最终还是咬咬牙买下了一册。然而就是这部印谱，让我等篆刻爱好者简直是大开眼界，巨来先生不逾矩而能从心所欲，印风醇古而又能推陈出新，其识见之高明、手段之高超，真令人叹为观止也。

再说孙君辉学印，能与外公晨夕晤对，可谓得天独厚；受大师之亲炙，耳提面命，自然是完美开局。所以说，寻常我辈学刻印，往往摸索数年也难窥门径，于门外徘徊踌躇，光阴虚掷。但君辉兄则全然无此之虞，他一步即登堂奥，自临习汉印起，循序渐进，升堂入室，步步踩在点上。因此，君辉兄的印章，在外公的督教下，法乳纯正，进步显著，二十多岁时就已崭露头角，颇受前辈大师们的鼓励与欣赏。如著名大画家陆俨少、刘旦宅先生，都曾为君辉挥毫题辞，以资勉励。君辉小名元可，斋称久竹居，俨翁还专门为"元可小友"画了一幅"久竹居习印图"以赠，可见厚爱有加。即便上世纪八十年代后期，外祖陈巨来先生已故世多年，但君辉仍与外公一些故交如施蛰存、顾廷龙等前辈往来，或登门请益，或呈以篆刻习作求正。记得君辉曾受顾廷龙先生之命，为顾老刻了一方印"甘作老蠹鱼"，顾先生是古籍版本专家，一生沉潜于故纸堆中，故以"蠹鱼"自喻。君辉的这方印，以汉满白文治之，线条饱满挺括，圆中寓方，章法工稳自然，蕴涵古意，顾老得之大加赞赏，欣然题跋曰："余典掌图籍五十余年，取古人诗句镌此印记，聊以自娱。孙君元可工刀笔，颇得其外祖遗风，喜而记之。"除此外，顾廷老意犹未尽，还以其擅长的金文，为君辉书撰了一副对联："外祖真传工铁笔，少年好学慕前修。"前辈推许奖掖之心，可见一斑。

这些与前辈大师的故事，都是二十年前的往事了。如今年逾知命的孙君辉，文心依旧，印艺则更显成熟与稳健。近日君辉兄拟将数十年的篆刻作品，遴选百余方，裒为一册，为自己走过的印迹作一小结。然而，做事一

185

贯低调的君辉兄，又担心自己的作品尚稚嫩，有负外祖之盛名……我以为君辉兄完全不必有此顾虑，要知道像陈巨来先生这样于篆刻史上不可或缺的大师，其实就像是一座标杆，更多是用来参照而不是被超越的。作为后辈印家，君辉兄能得其真经，传其余绪，也算是成功之例。我想，大师雕龙，我辈雕虫，龙虫并举，方得繁荣。毕竟，像吴昌硕、黄牧甫、齐白石这样的印坛大师，其门下又有几人能轻易跳出的呢？

与诗人飞雁三次文字交

天下之文人可谓众矣。在芸芸众生中能够相遇、相识，本身就有很大的偶然。何况，有更多的朋友，相遇仅仅只是一次擦肩而过的交汇而已，所谓"相逢何必曾相识"，就是说，有的人遇一次就够了，未必一定要相识相交。人生的路既短又长，歧路多多，许多人、许多事，过了就过了，从此迢迢千里，天涯无觅。即便再逢，也不过是又一次的初识。

所以，文人之交，尤其是身在异域的朋友，能从相遇到相识，再到相交，并有惺惺相惜之叹，那实在是一种缘分。

　　鲁南诗人牛飞雁，虽与我仅有一面之雅，然而却是神交已久的朋友。最初的交往，自然还得之于海涛兄的"助缘"。不过说起这位海涛兄，倒不妨再稍说几句。海涛尊姓"洒"，这个姓氏较少，让人一见难忘。我每次与人介绍为"洒水浇花"之"洒"时，海涛必每每纠正说是"潇洒之'洒'"也。可见我之"洒水浇花"总不如"夜雨润花"之幽然洒脱也。海涛兄山东枣庄人氏，长年多半居于上海，介于商人与文人之间。说文人，他是只翻书不动笔，说商人，他是卖酒亦交友，交友更交心。因为喜欢书画，所以他所交往的文人墨客尤多，我曾戏言，海涛差不多把沪上一半的文人都认识了。

　　大约在前年吧，蒙海涛兄抬爱，让我给他老家的甘泉禅寺题个楹联，并说联句已经拟好，只须照着写即可。虽说我平素也爱好文墨，偶尔也会撰个对联、题个小匾之类，但我总觉得，做联比书联可要难多矣。因为做联不仅要通文墨，还须修文史，知古今，寥寥十数字，所涵学问至大焉，岂是区区写字泼墨者所能应付耳？故此次海涛能让我"避重就轻"，仅书不撰，诚属欣然事也。联句即鲁南诗人牛飞雁所撰，曰："琳琅禅韵都付与一泉春雨，清净道风频添来十里云山。"果然好句！读来玲玲盈耳，宛若景在眼前。书写后也不过半年，海涛将甘泉禅寺门楼对联的照片传来，只见匾额四个大字，乃著名书家也是海涛好友张切易所书，切易兄的榜书可谓天下一绝，曾出版《影响世界的 100 个经典汉字：中国第一榜书》巨型书册。通常榜书之难，易狂放村野，易涣散粗疏，而切易兄之榜书，虽大气而不失文气，线条淳厚而结体典雅，实难能可贵也。匾额下两旁即飞雁撰句由我书之对联，红底金字，在阳光的照耀下熠熠生辉。此为海涛兄热心促成的好事，切易和飞雁为鲁南两大才子，那时我与他俩虽缘悭一面，然已有幸先攀上文字之交。

如果说飞雁兄的一副楹联还不足以"征服"我的话，那么后来他为海涛"路桐酒堡"所写的一篇"酒与书法"的短文则彻底让我服膺了。这是飞雁兄以四六骈体所写的美文："酒者滥觞于仪狄，字乃肇端乎仓颉；六义形声，实华夏文明之征象，人类智慧之符号。玉版毛锥，诸体兼备；竹木短笺，百雅集成。诗酒华章，每缔姻于书艺；奇文巨化，辄流传乎万邦……"仅仅开头几句，我便领教了他的"诗酒华章"。这篇美文后由沪上书家卢俊兄写成手卷，沪上众多书画家纷纷题跋助兴，遂成沪鲁文人联袂的一则佳话。我亦聊赘数语忝列于末，既是蝇附骥尾，也算是与飞雁兄再结文字之缘吧。

文人间愉悦交往，既然已经"一而再"，那么"再而三"，也就自然是必将而至的事了。与飞雁兄的第三次"文字缘"，应该是他赠我的一首诗了。起因也许是拙著《纸上性情》的再版，海涛兄带了一套给飞雁，飞雁不嫌我浅陋，不仅拨出宝贵时间展读，读罢意犹未尽，还题诗一首赠我。诗曰：

纸上风云意纵横，今人笔墨古人情。

雅怀杰士推先载，历数名流待后迎。

百扇清风拂客座，一窗明月照书城。

雄文博古谁堪佩？沪渎衔英管继平。

诗写得有笔有墨，清气可诵，虽不免有溢美褒奖之辞，拔高之言自然当不得真，唯以敬谢雁兄之仁厚善意也。不过，诗中那句"百扇清风拂客座，一窗明月照书城"还是颇得我心。前句即我曾和好友、画家耿忠平合作的一册《清风拂雅：扇面书画百帧》，后句指我早年的散文随笔集《一窗明月半床书》，虽都是七八年以前的旧事了，然飞雁以对仗的两句颈联带出，读来仿佛往事在目，倍感亲切。可惜我不能诗，无法与飞雁兄唱和一首，尽管我也懂一点诗词的平仄与格律，然而知道平仄并非就能写诗，昔时所谓"诗有别才，酒有别肠"，懂格律是一回事，写诗又是一回事，互相无法替代。所以，飞雁兄与我的三次"文字之交"，前两次不论如何，我都还算勉强参与和互动，而这第三次，却终因我的不能诗而"完败"了。

三次"文字之交"后，我与飞雁兄终于有了第一次沪上之逢。这是他为了自己一册《净静斋诗稿》的出版而来到了上海，尽管飞雁兄诗文俱佳，文采风流，然真正相遇时，他给我的感觉却非常的谦和低调，甚至还有点腼腆。飞雁兄以他的一册诗稿向我求序，这使我非常惶恐和为难，因为我并不懂诗，焉能斗胆为才子的诗稿作序？可是飞雁兄的态度似颇诚恳，并不像是在吃我的"豆腐"。于是想到我第三次"文字交"还欠"回应"一次，何不就写写我和飞雁兄的三次文字交往，文人的往还如果不出意外的"事故"，就必定是有趣味故事。现将此段交往写下来，即便不能算序的话，也算是为那次"完败"挽回一点颜面罢。

"李叔同致刘质平书信集"跋

　　若用稍微时髦的一种说法，我似乎也是一个"浙江一师控"，就是对将近一百年前的浙江第一师范学校心驰神往；对当年浙江一师的人物和故事，无不关注。譬如经亨颐、夏丏尊、刘质平、丰子恺、吴梦非等，我总怀有十二分的崇敬和兴趣，去亲近，去了解。然而，究其最初，那还是源于李叔同先生。

　　李叔同（弘一）是中国新文艺的先驱，在现代中国艺术史上，他甚至是一位无法绕过的大师。诗书画印、戏剧、音乐、佛学等，他都有过不朽的贡献。以前我对这世上是否真有天才总是将信将疑，虽知一个人的才情有大小，天赋有高低，但毕竟还在人力可达的范围之内。然而当我读过了李叔同，熟悉了弘一的诸多故事后，我又不得不承认：这世上如果真有天才的话，那么弘一法师绝对应算上一位了。这正如弘一法师视马一浮先生一样，他曾对学生说："马先生是生而知之的。假定有一个人，生出来就读书；而且每天读两本（他用食指和拇指略示书之厚度），而且读了就会背诵，读到马先生的年纪，所读的还是不及马先生之多。"

按这个说法，所谓天才大概就是"生而知之"者，他的才学之境，往往已非通常努力之可达，甚至，即便是加倍努力也难以成就。弘一法师就是这样，他是艺术方面的全才，后来遁入佛门，精研律学，又成为海内外缁素所敬仰的一代高僧。若以丰子恺的"三层楼"之喻，先生的那"三层楼"，还真不是一般"脚力"者所能企及也。

李叔同先生在浙江一师任教的时间并不长，从一九一二年秋到一九一八年春，其间虽仅短短的数年，然而，他给浙江一师带来的影响却是巨大的。我们都知道李叔同的人生非常传奇，从年轻时的翩翩佳公子，到多才多艺的留日洋学生，再到艺术家、教师、和尚、佛学大师，他把每一段人生都做得很纯粹。早在李叔同到任之前，浙江一师的学生们对图画音乐课并不重视，正是李叔同先生的执教，才改变了原来的风貌。同事夏丏尊先生曾说："李先生教图画、音乐，学生对于图画、音乐，看得比国文、数学还重。这是有人格做背景的缘故。因为他教图画、音乐，而他所懂得的不仅是图画音乐；他的诗文比国文先生更好，他的书法比习字先生的更好，他的英文比英文先生的更好……这好比一尊佛像，有后光，故能令人敬仰。"尽管李先生才气横溢、艺兼多能，但他却从不恃才傲物，而是温和静穆、春风化雨。他时常告诫弟子曰"应使文艺以人传，不可人以文艺传"，并始终忠实于自己的信仰，身体力行，认真执著，以人格的魅力来影响学生。因此，李叔同先生在浙江一师，具有极大的感染力，短短的几年却给师生们留下绵长无尽的怀念，培养出如刘质平、丰子恺、吴梦非、李鸿梁、朱稣典、潘天寿等一大批音乐美术和教育方面的人才。

熟悉李叔同的读者都知道，当年在浙江一师任教时他有两位最出名的弟子，即刘质平和丰子恺，尤其是刘质平，与李叔同更是"谊为师生，情同父子"。因刘质平早年家庭贫寒，李叔同重其品惜其才，着力培养他，故以自己不多的薪资，留出部分以供刘质平赴日留学。所以李叔同后来出家乃至晚年，生活中大小诸事，大多托付刘质平，即便是临终遗言，也一式两份，一份留给当年浙江一师的同事、终身挚友夏丏尊先生，一份则留给了弟子刘质平。我们现今所能看到的李叔同（弘一）书信，存世最多即是写给刘质平和夏丏尊两位先生的。

弘一法师生前留给刘质平的墨宝信札以及其他什物无数，尽管有的信件先生还嘱咐"阅后焚去"、"付丙"等，但刘质平都不忍毁弃，而是一一珍藏。经过了抗战逃难、国内战乱以及"文革"劫难，刘质平几近于置生命而不顾，从而保全了先生留在其手中的千余件墨宝，弥足珍贵。二〇〇〇年，刘质平的长子刘雪阳先生将父亲留给他的近百通弘一法师信札以及法师于一九三二年所书的巨作——五尺整张十六条屏楷书《佛说阿弥陀佛经》，悉数捐赠给了弘一法师的故乡平湖市。作为雪阳老来说，此举也是完成了父亲多年之宏愿，父亲历经了千难和万险，保存下来的大师珍迹，如果仅仅只是藏之于秘阁，传之于子孙，岂不埋没了大师的珠玉之辉？也肯定违背了先辈之初衷。唯有展示于世人，让更多的后辈得以观瞻学习，那才是更好地传承和发扬弘一法师的艺术精神和严谨自律的人生态度。

《李叔同致刘质平书信集》一书，所收尺牍从一九一五年刘质平于浙江一师就读期间因病回老家休养而通信起，直至一九四二年法师圆寂后的一纸遗嘱止，共九十二通，时间跨度为二十七年。当然，我知道有关李叔同的文集早有出版，李叔同致友朋弟子的书信集大概也有多种，但之所以我还会萌发单独编一册《李叔同致刘质平书信集》，我想至少有这样三个因素：首先是基于我对民国文人的兴趣和喜爱，对弘一精神与道德学问的敬仰；其次是如前所述，缘于李叔同，我对浙江一师的人物很有亲近感，虽余生太晚，前辈风采无可一睹为幸，但他们的后人如丰一吟、夏弘宁、吴嘉平等先生我都有过请益与交往。二〇〇九年，在陕西南路丰子恺的故居日月楼，我又有幸与刘雪阳先生叙谈，蒙先生不弃，一谈如故（其实此前也曾见过，但因雪阳老忙碌，我未便趋前问候而已）。二〇一二年承雪阳老盛情，我还专程驱车平湖，随老人瞻仰了李叔同纪念馆，且在他平湖的家小住一晚，晤言一室之内，畅谈千里之外，并榻夜话，受教良多。由于我和雪阳老的忘年之缘，使我对李叔同和刘质平的故事又亲近了几分。所以当我提出欲专门编一册李刘书信集的设想时，得到了雪阳老的大力支持，从而也坚定了我的信心；三是李叔同书信集虽有多种，但多为或以墨迹书法为主，未加释文；或以文字内容编排，不附或只是选刊几幅墨迹图片。而我所编的这一册《李叔同致刘质平书信集》，不仅收集全部的书信墨迹影印，附录全部的释文，并对信中所提的人物事件等，仅据所知，作相应的注解，这便是此书与其他的不同之处。

为书札作注，不仅要熟悉两位当事者的人生经历、故事交往，最好还须了解两人身边的诸多人物之间错综复杂的关系。当然，由于年代久远，材料及认知有限，有许多不知也是在所难免。古人云：知之为知之，不知为不知，是知也。然而，由于弘一法师的书信，大多不署年份、只写月日（有的连月日也未署），这就给书信的排序带来极大的难度。雪阳老曾告我说：大师给父亲的信（包括明信片），以前父亲都保存整理得很好，不仅按写信的时间顺序，而且还裱成册页，信封也一一留存。后因"文革"被抄，待发还时，二十多张明信片不翼而飞，百多通书信则零乱散落、残缺不齐矣。后据闻父亲单位里当年看管"抄家物资"的是个集邮迷，为了这些民国时期的邮票，竟私下将这批被抄的信封悉数截留……如今物非人亦非，缺失的再也难追回和弥补，思来令人痛惜不已！所以我们今天所编的《李叔同致刘质平书信集》，其顺序年份皆按书信内容所定。以前几种书信集的版本，虽大致相同，但个别书信也确实很难完全统一，编者不同，理解也会有差异，唯求更接近于原貌，然事实却很难做到没有差错。

昔元遗山曾有诗云："望帝春心托杜鹃，佳人锦瑟怨华年。诗家总爱西昆好，独恨无人作郑笺。"其实，为书信作笺注，即便是专业研究者，也谈何容易！本人区区凡俗，不自量力，斗胆编注，纯属兴趣所致也。因水平有限，错谬自然难免，但望能抛砖引玉，权作一垫脚之砖泥，小愿足矣。

在此衷心感谢刘雪阳老的信任与鼎力支持。另外，林子青所编著的《弘一法师年谱》、柯文辉著的《弘一大传》以及上海人民美术出版社一九九三年由钱君匋主编的《李叔同》和二〇一〇年由温州博物馆和平湖李叔同纪念馆所编的《弘一大师墨迹》等几部著作，是我主要的参考依据，在此深表谢忱！

只有梅花是知己

鲁迅先生的藏印中，有一方闲章"只有梅花是知己"，虽未详出处，但丝毫不影响我对这一句子的喜欢。所以，当我三年前开始撰写"民国文人印章"这一系列时，开宗第一篇就写了"鲁迅印章"，标题也毋庸费心，直接用了"只有梅花是知己"。

如今，文章断断续续写了三十余篇，编书时为了书名又犯了愁：朱白风雅？文心雕虫？纸上印痕？左右拿捏举棋不定。于是，我再次想到了这方闲章的句子，经过不断的坚持，终于说服了责编刘大立兄，故书名就定成了与印章看似不太有关联的"梅花知己"。

古人常以梅花赠知己。晋南朝诗人陆凯思念北方的好友范晔，折了一枝梅花托邮差捎去，并附诗曰："折梅逢驿使，寄与陇头人。江南无所有，聊赠一枝春。"这大概是古今最早的咏梅诗了，从此，"一枝春"也成了梅花的别称。我想，传统的中国书画中，印章就是必不可少的"知己"，而且，印章钤在纸上，犹红梅开于丛中，朱痕三二点，一枝即成春。其实，我们从文人的印章中，不也一样能感受到"春的消息"么？

文人和印章，或者准确地说，印章和文人，常常有着非常密切的关联。因为，文人未必个个都雅好印章，但雅好印章的，毫无疑问，那一定就应该是文人了。尽管文人擅用笔，印人须舞刀，听起来仿佛是一文一武，而实际上刀和笔，原本就是一回事。上古时以刀代笔，后来又挥笔如刀，功能上似有相近之处。而春秋战国时期，则刀笔并用，所谓的"刀笔吏"，即指当时的文吏在竹木简上写字时，如有错讹，即以刀削刮之。可见文人用刀，自古以来就有很深的渊源，发展到后来刻印、玩印或藏印，也就顺势而为、顺理成章了。

在这一册《梅花知己：民国文人印章》中，所写的文人印章，若简单说来，一般可分为两类，一是指文人自用印，一是指文人自刻印。而文人中擅长刻印的，似乎也可分为两类：一类是纯属玩票，虽也通金文小篆，但只是浅尝浏览，遣兴为之。这一擅印群体的文人很多，如马一浮、夏丏尊、叶圣陶、闻一多、魏建功、瞿秋白、郑振铎等等都曾有过刻印的经历；而另一类则是在印章上学有渊源，或上溯秦汉，或下逮明清，取法有度，自成方圆。譬如像罗振玉、马衡这样的金石考古学者，就属"取法有度"的印家。当然，除了罗、马之外，其后如容庚、董作宾、王献唐、商承祚、罗福颐等，都属于印学和文字上极有造诣的学者，他们刻印也同样迹近于"玩票"，因为他们都有学术上的专攻，又都喜欢收藏玺印实物、集拓古印之爱好，目中所见，皆秦汉以上，故其眼界之高、学养之厚、定力之笃自非寻常之辈所能企及也。因此，金石学者治印，虽为余事遣兴，然刀下所现往往却能神采奕奕，不入俗格，颇难以专业印家之眼光衡之也。

文人治印，不必苛求。像鲁迅、郁达夫以及马一浮、夏丏尊、叶圣陶等这样的大家，他们在各自的领域，皆成就卓然，名垂千古。印章作为他们的"余事"与"遣兴"之作，本身的印艺如何并不重要，重要的是我们可以通过印章来研究当时的学者文人，他们的治学状态以及具有怎样的艺术趣味。

老夫今也博一记

题记：本文是我为自己开博而写。题目中的"博"字，其实也可写作"勃"，两者基本都说得通。

老夫么，平时也是不怎么"勃"的，难得"勃"一次了，总要精彩些。

"搏一记"是上海俚语，大致有"豁出去了"的意思。可我用的是"博"不是"搏"，"博"者，即眼下颇为时尚的在网上开博客也。"博主"今年四十方五，按理还轮不上称"老夫"，但看到李叔同先生曾有一方闲章：

"三十称翁"，觉得蛮有意思。心想自己于三十又过了一半，不妨就摆一记"老亏"，自称"老夫"矣。更何况，除了那些写博是专以提高人文精神为目的的专家学者外，大多喜欢在网上冲浪驰骋或写博客玩玩的其实都是年轻人，而四十多岁仍混迹其中也应算是高龄"博手"了。若从这个角度来看，"老夫开博"——倒也未尝没有"豁出去"的意思。

最先萌发写博的念头，是看了一位画家朋友的博客，他在每天短短的文字中，评艺术、记生活、晒交游，写得活灵活现，情趣盎然，真不愧有一支才子之笔。经不住朋友的怂恿和鼓励，我也忍不住在新浪网上申请注册，开了一个博客，学起了年轻人的时髦游戏。

开博客通常有两种，一种是卡拉 OK 式的自娱自乐，只顾自己写，不管别人看不看，即便是无人喝彩也照样乐在其中。这些人基本就把网页当成自己的私人日记簿，从某种意义说，笔墨铜钿倒也省了不少；而另一种则好比是一场场的"作文秀"，追求的就是要让人阅读、点评、交流。对于后者，我以为其实也等于是开饭店，不光要门面厅堂装潢得漂亮，更应要菜势内容好，若非如此则很难有回头客。因为一般作者的博客，毕竟不能和名人比。若是名人博客，尤其是女明星开博，还没来得及写什么，只是刚贴了几张玉照而已，就已观者如堵了。而一般的作者，就必须以内容的特色来赢得读者了。本人自忖资质平平，靠图片招徕读者是想也不敢想的事，所倚者，唯有文字耳。

在博客上，我除了正常贴些于各类报刊上发表的文字外，我还特意为博客专写了一个专栏——《"鬼混"日记》。名字虽有点古怪，但也颇有原委。想起平日在家时常读点杂书，出门也喜欢交一些"狐朋狗友"，但由于兴味所至或趣味相投，所看的书大多以一百年以前（作者）旧书为主，和朋友所谈的内容也都是一些"前尘旧事"为着劲。如今，这些百年以前的"妙人儿"都成了"新魂旧鬼"了，而我却仍旧喜欢与他们厮混，时常"缠绵其中"并津津乐道——这，不是"鬼混"是什么？知堂先生的《五十自寿诗》中，就有"街头终日听谈鬼，窗下通年学画蛇"以及"谈狐说鬼寻常事，只欠工夫吃讲茶"句，我想，"鬼混"于我也属寻常事耳，于是，开了博后，索性一一写来，敷衍成《"鬼混"日记》系列。说是"鬼混日记"，实际也就是"读书札记"也，只不过，网上作文，可以更大胆、更放松、更随意，长短不论，尽管放手一博，东拉西扯、插科打诨，而不必担心编辑先生的严厉"大斧"……

"老夫今也博一记"，其实是我为自己的博客拟的广告语，因为，"老夫"是不应该或者不经常博的，既然豁出去博了，那么就一定会博得精彩。只要读友惠然肯顾，就一定会有意外惊喜，不至于失望而归。

闲书闲文

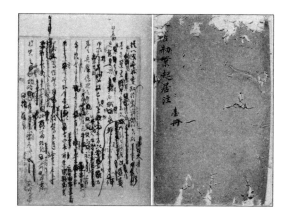

"半园"不求全

　　苏州的园林无数，因知名的太多，所以许多虽精致然而不太知名的小园林，往往都被忽略了。而我有个癖好，凡事总喜反其道，他人所冷落的，倒常常为我所追求。譬如苏州市区东北角有个巴掌大的半园，好多"老苏州"也未必知晓，而我十多年前一次偶然撞见，其园的意趣风格就深得我心，每每不能忘却。

　　大概在九十年代中吧，一次我在苏州闲逛，不知怎地就撞上了白塔东路上的半园。那时的园林并没有开放，园林好像还属于某某国企，但其内的翘角亭台从半掩的门中露出，似乎更具神秘之诱惑。我忍不住探身推门，见有一闲坐的门房老头，便问："老伯伯，里厢阿好看看哦？"那老伯打量一下我，也不置可否，不过他那并无敌意的态度我则视其为默许，于是便溜进去擅自兜了一圈。这时的半园，尚未修葺，虽有些杂乱与破旧，但亦如蒙尘之美女，秀色依稀。园极袖珍，占地恐怕仅二亩许，然而水榭、亭台、曲廊、石桥等一一皆有，所谓"麻雀虽小，五脏俱全"也。更教人玩味的是，园名取"半"，园中则处处凸显"半"之特色，如东南隅的"怀云亭"，假山垒石之上，依墙角而建，仅小半个亭身，但玲珑精巧，翼角飞扬。而环走园林东西的曲廊，也是沿墙而筑，仅半个廊檐，廊狭长而有五曲，故又以"五曲半廊"而闻名。还有半波舫、半个水榭台、二层半楼阁、半桥等等。

　　然而，十多年前与半园的邂逅，印象虽深，毕竟只是初识，而再一次的相遇，那倒也算缘分了。去年，与苏州书香世家的姬总聊起半园，非常之巧，他说半园如今已修整如旧，正好隶属于他所辖的平江府，与如今热闹的旅游老街平江路也就百步之遥。于是，我便有了再游半园的机缘，而且这次对半园的认识，好像也为我上了半堂"人生课"。

在苏州其实有两个半园，另一个在人民路的仓米巷内，而白塔东路的半园因在其北，故称北半园。据查此园原属清初的进士沈世奕所建，取名止园；后归吴门太守周勔斋，更名朴园；最后在清咸丰年间，苏州道台陆解眉接手并改建，才换名为"半园"。我猜想，此园多半也是陆道台晚年卸任赋闲之所居。陆解眉虽为安徽人，但他似乎也保持了苏州人那种低调内敛、做事不张扬的人生态度。一个"半"字，表明了自己谦退知足、不贪大求全的生存智慧。园内有副对联，说得很是明了："园虽得半，身有余闲，便觉天空海阔；事不求全，心常知足，自然气静神怡。"

人生不必求全。我想起著名书法家赵冷月先生曾有个斋号叫"缺圆斋"，当也属此意。据说他老人家晚年作书，落款时常将"月"字中间的两点，以一笔带过，人问其故，他说："缺一点说明我的书法还不够完满呀！"

确实如此，人在年轻时，往往志存高远，凡事力求完美，而到了晚年，方知人生处处充满着遗憾，其实不必求全。唯有不完美，那才是真实的人生。

命里桃花三两枝

近日，办公室的一位美眉摇身一变，忽而成了"大仙"。据说她学了一套"四柱命理"的算命手法，利用你的生辰八字，结合周易风水，什么五行六爻，什么梅花易数等等，不懂的人看了简直一头雾水，但她却说得头头是道。不仅算往昔，还可卜来今。关键是，办公室的几个人一圈算下来，几乎都说：果然很准！

我向来是个不太相信算命卜卦的人，但为了不扫朋友们的兴，我也不惜提供我的"生辰八字"，让"大仙"算一算，只要能博得大家笑笑，开心就好。何况，"大仙"还是个美女，要知道，能让美女"开涮"，也算是美事一桩啊。

然而，不算不知道，一算吓一跳。谁也不曾料到，"美女大仙"帮我算出的命，居然好得一塌糊涂！说我命里不但有财运，而且还有桃花运！

更要命的是，在她的"金木水火土"以及"天干地支"配对下，一般朋友的命里有个一朵"桃运"已经很难得了，而我的命里"桃运指数"居然占了两朵还多！于是大仙断言道："半年后至一年的期间内，你必有桃运眷顾。"众人听了一致称妙，都说我"财色双收"，并神秘兮兮地羡慕道："男人最需要的两样东西，你都占了。"我听罢也不知该说什么好，其实，美眉们还有所不知，男人最需要的除了以上两样东西外，还要看"临门一脚"的本领如何？要不，占尽桃花，"临门一脚"欠佳终也是白搭。可惜，这一点她们漏算了。

占卜算卦以及烧香拜佛这些事，都有点玄妙在其中的。虽说我不太相信，但我不否认它的神奇与存在。这玩艺说信就信，说有就有，而且相信之后，你会愈看愈像，愈信愈有。若是用现代的科学观念来分析，或许这就是一种心理暗示吧。难怪这几天，自从我的"命里桃运"在办公室里公开之后，同仁们看我，都有点怪怪的了，我一举手，一投足，似乎都验证了她们的猜测，仿佛处处迹象显露，我就是一个"桃花占尽"的风流人物了。

而对于我，显然受了她的"心理暗示"后，也开始变得异常起来。先是觉得不自在，遂后，又觉得命里本该注定的东西，那怨得了谁？推也推不掉，躲也躲不了。于是，似乎我也变得亢奋与期待起来。从此，"时刻准备着"，看谁像谁，不知究竟哪朵桃花是我的命里属有？然而，"半年至一年"——只恨的是"大仙"给的期限范围太宽，害得我要在那么长的时间内，生命始终处于"待机"状态，实在太累！

就这样挺了数天之后，我实在坚持不住了，故近期决定暂且"关机"。因为人生的"电力"毕竟有限，长时间地处于"待机"状，不仅耗电，还会加速我的机器老化啊！

留云禅寺观书记

南翔古镇其实离上海市区并不远。或许正由于太近的缘故，所以睽违多年也一直没想起去游历一番。近年时常听朋友吴痕兄说起南翔镇重建了的留云禅寺，古刹重光，再现旧时盛貌，遂让我心追神往，欲一睹梵宇嵯峨、感受庄严净土的无穷魅力。

留云禅寺原名白鹤南翔寺，始建于梁，鼎盛于唐。所以我们今天所见于原址上修建的留云寺，其建筑风格厚重沉稳，雄伟巍峨，依然体现了唐代建筑风格和中国佛教文化的完美契合。不过，我在留云禅寺礼佛瞻拜之余，倒对寺中一些匾额楹联等书法胜迹颇为留意。其实佛教文化与书法艺术关系渊远，想当年弘一出家后诸艺俱疏，惟书法不废，可见以书法弘扬佛法自古必不可少。留云禅寺的名家书迹多多，也为其一大特点，私忖一般游客也许未必在心，故笔者不揣浅薄，撷其一二，愿作引玉之绍介。

已故中国佛教协会会长赵朴初先生是当代书法大师，其书儒雅朴茂，最得庄严纯净之精髓。留云禅寺又名云翔寺，所以当一九九八年寺院修建时，曾辗转求得赵朴老的题字。如今所题"云翔寺"三字勒于山门前的巨石之上，此乃赵朴老九十二岁所书，线条沉稳凝练，人书俱老，实属不可多得的先生晚年力作之一。

走过御驾桥，迎面可见的就是山门上"留云禅寺"的四个金底黑字匾额，恰与两旁楹柱上黑底金字的对联相映衬。"留云禅寺"四字为世界佛教僧伽会名誉会长、台湾海明禅寺悟明长老所题，清秀蕴藉，深得二王之法乳。两侧对联以隶书书之："云留云翔领略几许禅机，此地有云散天开真如界；塔内塔外普示无边圆觉，是故曰塔影双照解脱门。"此联为上海佛教协会会长、玉佛寺方丈觉醒大和尚所撰，既交代了留云、云翔两寺合一的渊源，又关照了山门东侧至今仍存的两座五代砖塔，联句工整巧妙而富有无限禅机，堪称佳作。

漫步留云禅寺，你会发现寺内花园之角池塘水边有大小不一的山石十二块，上面均镌刻了自古到今的历代著名书法家所题写的"禅"字。其中有书圣王羲之，有唐代的著名书家柳公权，还有宋代的米芾以及元明清时期的赵子昂、王铎、邓石如等，这些集字书法正草篆隶各体皆备，风格不一，散落于院内四处，如珍珠撒地，别有滋味，也成了与留云禅寺风格非常吻合并独具特色的一道书法艺术风景线。

观赏了历代书法家的神笔，还可看当代书画家的妙墨。山门内侧的横匾上就是著名画家刘旦宅所书的"庄严慈护"四个楷体大字，刘先生的书法脱胎于颜真卿的"裴将军"，但他带着画意写字，写得奇崛夸张而更有气势；著名书法家周慧珺题写的"观音殿"、"慈航普渡"等，结体洒脱，线条遒劲，远远看去就能体会到其形神逼近而来，有一股无穷的张力；还有大雄宝殿下的"妙相庄严"匾，系著名篆刻家韩天衡的手笔，两边的"升无上堂，入如来地"联句，却是一心法师写的仿弘一书法体，恰好一动一静，相映成趣。

站在大雄宝殿前，左右的文殊和普贤两大宝殿皆可尽收眼底。为两大宝殿题书者分别是著名剧作家杜宣先生和上海博物馆的老馆长、青铜器专家马承源先生。若从严格意义来看，这两位都是学者而不是书家，但他们的字却都别具一格而各有韵味。杜宣先生的书法以泰山经石峪和好大王碑的笔意，但线条生拙造型可爱；而马先生的学者字流畅典雅，书卷气浓。如今两位先生都已作古，但他们的遗墨却时常教人读之回味再三。

除此外，还有一位为留云寺藏经楼"慈氏图书馆"题字的饶宗颐（选堂）先生不可不说，饶先生是香港著名历史考古学家，其书法也是颇有书卷气的文人字。而且饶先生工诗词精书画，正草篆隶四体俱能，此"慈氏图书馆"五个字，就是熔正隶行草于一炉，但写得却非常的协调，并有一种圆融自然的天趣。

当然，留云禅寺的书法胜迹还有许多，一时也无法历数。如果有兴趣，惟有自己亲历观摩体会，那获得的妙处一定会比我更多。

温暖心中一盏明灯

一位摄影师的朋友，拍了一组老弄堂的照片，恰巧画面中都挂有一只牛奶箱，于是偶发异想，欲请几位作家为之看图配文。承蒙马、沈两兄抬爱，笔者也厕身其中，故试写一篇，求教方家。

许多人都说，如果你开始回忆、开始怀旧了，说明你已经老了。

看了一组上海老弄堂的照片，我也不由自主地进入了回忆状态。晨曦的雾光下，黄昏的夕照间，朱漆斑驳的门窗，水渍漫漶的墙面……那些熟悉而亲切的画境、真实又具体的痕迹，无不将三十多年前的弄堂生活拉至眼前。我想，人届中年，虽然还不敢卖老，但怀旧已是免不了的了，不必硬撑。细节总归是生动的，而生动又往往令人激动。在这一组照片中，我发现了大多的墙头或门上，几乎无一例外都挂有一只小小的牛奶箱。尽管它一律的白色在那陈旧的画面上，似乎白得有点刺眼，但我肯定，如今依然有很多人对它还是视而不见的——当然，送奶员可以除外。然而，就是这只小小的牛奶箱，若是时光倒退三十年，它钉在那墙头上，却无法让人视而不见。

当相同的牛奶箱在不同的画面里一次一次地重复出现，我有了一点的激动，因为它勾起了我童年时期关于牛奶的深刻记忆。

我的童年和少年是处于上世纪的六七十年代，余生虽晚，没赶上"上山下乡"的热潮，但条件艰苦、物资贫乏的那一段困顿期还是未能幸免。印象中那时的邻居，可没有几家是包月喝牛奶的，门上有资格挂牛奶箱的屈指可数。所以，门上的牛奶箱在我幼时的眼里，几乎就是"贵族"的标签，谁敢小觑？而大多数的寻常人家，最多也就是钉个信箱而已。

对于牛奶"贵族"，由于差距较远，我还不怎么羡慕。而我当时最羡慕的倒是一个小学同学，尽管他家的经济状况很一般，根本不可能挂个牛奶箱天天享受一瓶，然而他却比别人更有机会去亲近牛奶，因为——他的妈妈就是一位送奶工！每天清晨，天还未亮透，他的妈妈就会推着装满牛奶瓶的小车，"当啷、当啷"地串家走户，往那钉有牛奶箱的人家，取走空瓶，放进当日的新鲜奶。据我的同桌说，这位同学因妈妈的工作缘故，时常也能吃到多余的或是隔天的牛奶。不管其真实性如何，就这样的消息足以让我们大大艳羡了。所以，虽然同学的妈妈不认识我，但我却一直记得她，而且印象特深，以至于几十年之后我的脑海仍可清晰浮现出他们母子俩的当年模样。他的妈妈个子不高但肤色很白，且白里透红很健康的样子，而那位同学学习成绩一般，但脸蛋个子却都长得挺不错的，当时不懂事，讥之为"聪明面孔笨肚肠"的一类。由于和这位同学从来没有亲近过，所以关系很一般，关于他的底细也就不甚了了。在很长一段时期里，我一直都认为他妈妈的肤色以及他的大个子的因素，都是因为能经常喝到牛奶之故——不管是多余的还是隔天的。现想来如果确系家族遗传，我倒是冤枉了人家。

小时候虽然不能常常喝到牛奶，但偶尔的享受还是有。也许正是因为偶尔，比较难得，所以印象也特别美好、特别深刻。那时装牛奶的都是广口瓶，造型很敦厚，上面的牛皮纸沿着瓶口用细细的蜡线箍紧，在活结处点以松香封口，启封时将线头轻轻一拽即可。这方法非常的古老但十分管用，古代文书的传递就用此法，称为"封泥"，如果文书重要怕人私拆的话，再于"封泥"上盖一印戳，一径开启则无法复原了。

牛奶的封口方式竟也沿用秦汉时期就有的"封泥"术，可见人们对它是多么的郑重。许多那时代的过来人，在回忆起喝牛奶的幸福时光，都要提起那白色的纸盖揭开后，背面所凝下的那一层厚厚的奶油，然后描述自己是如何如何之喜欢，舔起来是如何如何之幸福，我想，大概所有四十岁以上的喝奶者都会有此经历，这个细节几乎成了那一代人喝牛奶的经典动作！

不过除了这个细节外，那时的牛奶还留给我深深印象的就是它的"光明"标记——用现在的话说又叫"LOGO"。记得好像是一把小小的火炬，印在封瓶口的那张牛皮纸正中，小火炬的四周还有象征发光的一根根线条。但在我的记忆中，我总是把它当作是一盏灯，一盏温暖我心中的明灯。因为当我也能像"贵族"一样天天喝一瓶牛奶时，已是上世纪七十年代末了，而那时我正忙于紧张的高考，母亲看我每天熬夜读书，怜子心切，只得从牙缝中省出几个钱来，还四处托人才帮我办了张订奶卡。清早上学前，每当我拆牛皮纸封盖瞥见那正中的火炬灯时，就会感受到母爱在我心中化成的一股暖流……所以，那一盏灯留给我非常美好的印象，就连揭盖喝奶时也是小心翼翼，生怕漏掉一丝美好的享受。但联想到今天，女儿每天上幼儿园和晚上临睡前，太太也会逼着她喝掉一杯牛奶，可看着女儿那痛苦的神情，以及偶然听说可减半或豁免喝奶的兴奋劲，真是"夏虫不可语冰"，我不知对她该如何说才好。

记得很早时读到丰子恺先生的一幅漫画，图中有二三人围坐一张小桌子在喝酒聊天，那幅漫画题了一行宋人的诗句："草草杯盘供语笑，昏昏灯火话平生"，给我印象很深。当时我看那幅漫画的小桌上有一盏油灯就和牛奶纸上的灯火很相像，都给人有一种融融的暖意。因为昏黄的灯光虽不是很强，却更能散发出它的温暖，而太强了则反而容易把你灼伤。

也许，这就是我们能对牛奶有一种非常美妙的感觉之故，而这份感觉女儿那一代恐怕不可能再有了。

孤山之巅

　　天下名山，人无不好其高、骛其险、贪其奇、慕其雄的，似乎非如此则不能攀之而后快也。因为在有些人眼里，山若无险高雄奇，即便征服了，又有啥稀奇？此好比善饮者从不会以喝低度酒为荣似的。不过，凡事也有例外，在笔者的眼里却有一山，论海拔仅区区38米，还不及寒舍楼层之高，论雄奇险绝，则一概全无。然而，它却以深厚的历史积淀、纷繁的人文景观、绝佳的地理方位以及渊雅的书画金石之气，牢牢占据我的心，那便是西湖的孤山。

早在唐宋时孤山就已经享有盛名，不过儿时读白居易的诗，"孤山寺北贾亭西，水面初平云脚低"，虽琅琅上口，但全不往心里去，因而对那句"最爱湖东行不足"，自然是毫无切身体会的。然而真正让我喜爱上孤山并为之"行不足"的还是西泠印社。一百余年前，丁辅之、王福庵、吴石潜、叶为铭四位印家避暑孤山，遂发起创建一研究金石篆刻的同人团体，"人以印集，社以地名"，因山脚下有西泠桥，故名为西泠印社。可这个"泠"字，常有人误以为"冷"。据说曾有一高官在众人簇拥下参观西泠印社，于此人文胜地，自然也免不了泼墨风雅一番。此君也不推辞，盖因早已拟好佳句，只见其欣然命笔，挥毫题下八个大字："孤山不孤，西泠不冷。"

　　想想也对，孤山人杰地灵，胜景无数，六一泉、放鹤亭、西湖天下景、西泠印社等，真可谓"吾道不孤"也。再者，那天春风和煦，晴日高照，又何以为冷？尴尬的倒是一旁面面相觑的陪同，面对神情得意的领导，叫好也不是，不叫好也不是。虽说只是差了一点，但这一点却是无论如何也补不上去的。

我第一次攀孤山、谒西泠，大约在三十年前吧。那时我正醉心于印章篆刻，所以那天几乎是怀着"朝圣"的心情，将孤山的前前后后，西泠印社的上上下下都浏览个遍。触抚前贤留下的摩崖石刻，吟哦楼台亭阁的绝妙佳联，真是饶有兴味，乐而忘返。小坐于孤山之巅的四照阁，此阁四面临窗，可尽观里外西湖之秀色。泡一壶龙井，与三两知己坐拥湖光山色，神聊天南海北，也可谓"虽南面王不易也"。记得四照阁门上的一副对联也写得好："面面有情，环水抱山山抱水；心心相印，因人传地地传人。"

　　四照阁的对面乃华严经塔，是西泠印社的最高点。塔下有一闲泉的崖壁上，刻有钟以敬篆题的"西泠印社"四个大字。说来有趣，初游西泠时，我便在此标志性的景前留了一张影，照片出来后，效果似有超水准的发挥，画面上的我倚在一棵树前，浓发粗眉，风华正茂，即使不能算是倜傥风流吧，但至少也是青春潇洒的。为此我颇得意，还专门刻了一方印"西泠归来"，钤于照片的背面，以志纪念。

此后，我也曾多次造访孤山，涉足西泠，每每于此，想起那张"经典"摄影，总未免技痒，故常常于那棵不知名的老树前，再次留照。渐渐地，我从无意识变成了有意识，二十年来，人家是"花前月下"，而我则是"树前塔下"，不知不觉地已留下八九张影了。年初，当多年未去杭州的我，又一次来到孤山之巅，寻访塔下的那棵树时，却不料已不见树之芳踪矣。我忍不住问了四照阁里的服务员，那位阿姨轻描淡写地说道："枯忒了喂，搬忒了喂！"

"老树不知何处去，游人依旧笑春风"，我惘然若失。回家后翻出那八九张相片，果然隐约发现，那棵树原先就不太枝繁叶茂，后又逐渐发黄而变白，呈了干枯状。转而看看自己何尝不也如此，从最先的"风华正茂"慢慢也成了齿疏发稀之老夫一个了。正翻阅入神，女儿此时贸然闯入，忽然指着那第一张"浓发粗眉"的相片发问："爸爸，爸爸，迭个啥人？"

呵呵，我不禁哑然失笑，想起《世说新语》中"桓公北征"时感慨的那一名句："树犹如此，人何以堪？"诚哉斯言也。

误读亦成趣

　　旧时在私塾念书，往往开始并不追求理解或弄通意思，四书五经猛读烂熟即可，因为读书百遍，其义自现，到时自然会豁然开朗、一通百通的。

　　然而，小和尚念经有口无心似地念背，闹点笑话在所难免。我在读一些前人笔记中时常看到类似的段子，真是误读亦成趣，录之颇可一粲。

　　《论语》中有"郁郁乎文哉"句，如郁达夫原名郁文，即从此句。说有一夫子路过一村塾，闻听一班学童齐声念着"都都平丈我"，非常不解，遂进门请教，原来是庸师误人子弟，居然将"郁郁乎文哉"五字皆错读白字。夫子即趋前纠谬，不料学生一听，都笑着一哄而散。过去的村塾，有些多为连秀才也考不上者，但因收费低廉，故也不乏乡间子弟求读；而真有学问的塾师却因收费高倒反而没有生徒。夫子感慨于此，于是写下打油诗一首："都都平丈我，学子满堂坐；郁郁乎文哉，生徒都不来。"

还有一考生在科举应试时，大概是心急慌忙吧，将《尚书》中的一句"昧昧我思之"，误写成了"妹妹我思之"，结果遇上了一位幽默的阅卷官，朱笔一挥，在其卷子上也同样批了五个字："哥哥你错了！"联起来倒恰成一对，妙极。

另有一则更噱：

传说王荆公某日午后偶过一蒙馆，听里面学生居然将《礼记》中的"临财毋苟得，临难毋苟免"两句中的"毋"，皆读成了"母"。大惊之下请出塾师，先未点明，只说了忽有句上联想请先生一对，塾师说不妨试试。于是王说："礼记一经无母狗。"不料那位塾师闻之微微一

234

笑，稍加思索，也不含糊，竟应声对曰："春秋三传有公羊。"王荆公一听，便知这先生如此捷才，且下联对得工稳准确，自然天成，断非无识之辈，遂问询学生适才误读之事，原来是顽皮的学生趁老师午睡而有意恶作剧而读之，幸好先生以"公羊"巧对"母狗"，方免遭塾师"蠢驴"之恶名矣。

"独脚跳龙门"

　　敢于自嘲、拿自己开涮的人，大多都有他充分的自信，即使没有足够的自信，至少也是十分可爱的人。鲁迅先生曾就写有一首《自嘲》诗"运交华盖欲何求"来开自己的玩笑，不过，这首诗先生自嘲得还不够。

　　著名学者潘光旦先生，曾译注霭理士的名著《性心理学》，其注释文字将近原著的三分之一。他将平日在阅读古书时所积累的野史正书、笔记小说等材料，与原著彼此印证，相辅相成，使此书成为中国性心理学的第一部重要文献。潘光旦早年在清华预科读书时，因跳高不慎摔断了腿，后又遭遇庸医耽误而感染，只得截肢成了"铁拐李"。然而虽如此，潘光旦却行动自如，郊游登山从不甘于人后。在朋友的眼里，潘光旦是个学问通透和性格豁达的人，徐志摩就曾戏称胡适和潘光旦为"胡圣"与"潘仙"。潘先生的讲课非常叫座，据说有一次他谈到孔子时说："对于孔老夫子，我是五体投地的。"后一看自己的腿，发觉不对，又戏谑地说："讲错了，应该是四体投地。"

同样是"铁拐李"的还有一位著名教授是翁独健先生，这位获有哈佛大学博士学位、曾任燕京大学教授和代理校长的历史学家原名翁贤华，儿时因小儿麻痹症而致腿残。或许他就是因为"独腿"的缺陷，才改名为"独健"的。据说当年在燕大上学期间，翁独健和吴世昌住同一寝室，两人均才华超群，令人称誉。而非常凑巧的是翁独健腿残，而吴世昌则患眼疾，两眼中只有一只眼能看到东西。于是，他俩戏谑地于宿舍门前题了一副对联："只眼观天下，独脚跳龙门。"

虽是自嘲，但言辞中却照样有难能可贵的自信。

"郭聋陈瞀马牛风"

　　写了一篇"文人书法"的文章，专门谈到了郭沫若，引起了一些朋友的议论。关于郭沫若的人品与学问，近十多年来时有学者撰文发难。其实，抛开人品不谈，在三四十年代的那一拨名家大师里，郭沫若的学问或许真算不上头挑的，但我想，若是和今天的一些所谓大师学者相比，郭至少还是潜心做过他的学问的。我曾经写过一篇郭沫若与史学大师陈寅恪相遇的一段小故事，在此录之，供读友一笑。

"著书唯剩颂红妆"的史学大师陈寅恪，曾被目为"资产阶级的史学权威"。据《陈寅恪的最后20年》一书载，一九六一年，作为我国学界领导人之身份的郭沫若先生，曾赴广州中山大学专门拜访了著名史学家陈寅恪教授，尽管在当时他们两位一个是"马克思主义的史学代表"，一个是"资产阶级的史学权威"，但那次见面却是在洋溢着欢笑的寒暄中进行的，可谓气氛相当宽松和谐。

　　然而，两位大师相见，文人间的文字游戏还是没忘玩上一把。后据当事者回忆，谈笑间郭沫若曾问起了陈寅恪的生辰属相，得悉陈一八九〇年（旧历庚寅年）出生属虎后，还即兴口占一联："壬水庚金龙虎斗，郭聋陈瞽马牛风。"

　　此联真是妙极。由于郭沫若生于一八九二年（壬辰），恰巧属龙；按天干地支五行对应"金木水火土"，正好庚为金壬为水，故有"壬水庚金"；而郭沫若晚年耳背，陈寅恪衰年目盲，故顺带又将两人的"缺陷"自嘲一番。更为曲妙的是"龙虎斗"和"马牛风"，以巧合的属相将似乎是两个"阵营"的学术代表喻为"龙虎斗"，而若从现实来看，则你瞀我聋，所谓的"斗"根本就是不存在的"风马牛"了。

还有一版本是说此联乃郭出了上联，是陈对的下联。两种说法皆有可能，而我以为是郭的原创还是郭、陈的联手其实已不重要，重要的是如此幽默而意味深长的联句，让我们足以领略了大师的智慧。

岱顶踏雪

　　稍有点童心或雅趣的人，大概没有不喜欢下雪的。"一片一片又一片，飞入梅花都不见。"古今咏雪的诗词可谓汗牛充栋，庄谐雅俗的都有，可绝大多数想必都是怀着陶然欣赏的心态。然而如今的上海人，要想欣赏到真正的雪景，不北上旅游，恐怕是很难有机会了。

　　上周，经不住朋友的鼓惑，我终于决定"拨冗"一下，去岱顶一览众山了。朋友肖肖说，冬季到泰山去旅游，你可以感受一下玉皇顶上的飘雪，慕拜泰山顶上的青松，那种感受和乐趣一定是你难以忘怀的。

朋友说的也是，泰山素有"五岳独尊，雄镇天下"之美誉，它在中国名山中具有的特殊地位和丰富的内涵是不言而喻的。一说起泰山之顶，我立马会想起样板戏中那段"要学那，泰山顶上一青松"的唱词，早在三十年前这可是人人耳熟能详的经典唱段啊，今天若能近距离地一睹其挺然屹立的傲骨雄姿，也算不枉此行了。

　　清晨，当我们一行来到了泰山脚底下的岱宗庙时，那时的气温已降至零下一摄氏度了。导游兴奋地对大家说，山顶上的温度还将下探四五度，今天你们可要做好踏雪登山的准备。我环视了一下周围同伴，想看看谁的脸上会透露出一丝畏惧感来，可是大家似乎早已成竹在胸，个个都摩拳擦掌、跃跃欲试的样子，没有人会因天气的原因而退缩。

　　不过，说是登山，其实还是很惭愧，像我们这批在五六个小时内就要赶来回的游客，由于时间所限，一大半的登山路程实际上都是缆车代劳了。而真正须考验我们耐力和意志的，就是攀登南天门至玉皇顶的那一段。远望群山起伏，山势蜿蜒，在积雪的笼罩覆盖下，此时似乎最能体会到"山舞银蛇、原驰蜡象"的壮观景象。几个年轻的游客非常兴奋，难得看见如此画意烂漫的雪景，他们大呼小叫，不顾一切地拾级向上登去。

从南天门至玉皇顶，也可以称得上是泰山顶部的精华路段了，天街、孔子庙、大观峰、碧霞寺等，景景环联。尤其是天街，高山绝顶处的石板小街，一侧是玉砌雕栏，栏外山影茫茫，云卷云舒，人行其中，仿佛进入瑶台仙境一般。雾气弥漫时，我想起孙悟空在天上大闹蟠桃会，似乎也就这感觉。当然，爬山最振奋人心的还是莫过于登顶，当我们冒着凛冽寒风和片片飘雪终于到达玉皇顶峰之时，虽然个个脸色通红，额上的头发以及眉毛都被冰霜染成了白色，但心中还是难掩一丝兴奋与激动，近睹青松之傲雪凌寒，远眺群山之苍莽逶迤，油然而生出了一种"会当凌绝顶，一览众山小"的豪迈之情。

正午时分，岱顶上已云开日出，太阳照在雪峰上如白金般的耀眼，非常的漂亮！细细的干雪像空中撒盐，还不断在絮絮飞落。强劲的山风依然，只打得玉皇庙上的旌帜猎猎作响。唯有漫山的青松，不为所动，此时的它，面对漫山风雪，反而更显一种笑傲苍穹的坚定气质。

"大雪压青松，青松挺且直"。汇合于玉皇之顶，朋友们既有登顶的喜悦，也有成功后的松懈。虽神情豪迈，但在铁骨超拔、巍峨参天的雪松映衬下，一行数人仍显得单薄而渺小。休憩时，大家纷纷"方便"以求轻松。我笑而戏言：既然学不了"泰山顶上一青松"，那么，就不妨在泰山顶上一"轻松"吧！

"粉丝"变"大师"

被称为"不可无一，不可有二"的郑板桥先生，照今天的标准来看，必为一代大师无疑了，然而当年他也只是"粉丝"一个。我们都知道他有一方闲章很知名："青藤门下牛马走"。青藤者，开写意画之风气的明代书画家徐渭也。板桥崇拜他，甘愿拜倒其门下当牛做马，用现在的话说，就是要做徐青藤的"粉丝"。我想郑板桥算是扬州人（江苏兴化），姑且还不妨称作"扬州青丝"。

类似的故事还有一例。同样被奉为当代国画大师的齐白石先生，他也有一首咏志诗，曰："青藤雪个远凡胎，缶老衰年别有才。我欲九原为走狗，三家门下转轮来。"这里的青藤、雪个和缶老，都是白石所心仪的大画家，即徐渭、朱耷和吴昌硕，因崇拜得"发烧"，所以白石说至死也想变为一走狗，在三家门下转悠。套用今天的用语，就是"骨灰级粉丝"了。

其实，板桥和白石两位"粉丝"，皆非等闲之"丝"。虽所处时代不一，然而他俩的文人写意画，都可以说是开了时代新境。所以，由"粉丝"变为"大师"也是必然之趋。所谓"十年新妇熬成婆"，何况他们所"熬"的功夫也远非十年。

"粉丝"变"大师"，看似带有"丑小鸭"变成"美天鹅"般的童话色彩，然而却比童话更实际、更富有理论依据。它有时就像鸡蛋变成鸡一样顺理成章，又好比是完成一次从蝌蚪小子到青蛙王子的"华丽转身"。因为从理论上说，只要假以时日，几乎每一个"粉丝"都有蜕变可能性，关键就看你自身的温度、外部的条件以及等待的时机。当然，就从前的观点来看，这等待也许相当漫长，长到即便是一生守候，也未必成就。但如今则不必有此顾虑，随着生活节奏的不断提速，传媒资讯的迅猛发达，自身需求的日夜膨胀，人们已不再具有过去那样的持久耐心，"粉丝"变"大师"，也不再像过去那样的繁复与艰难了。

我发觉网络兴盛的社会，其最大的特点就是"多快好省"：信息多，节奏快，收益好，成本省。就信息节奏的变化而言，二十年前，人们基本还是"报纸一天一份、电视一夜一次"，但如今则承受着"网络全覆盖，手机不停刷"的强大压力。信息的迅猛和无限放大，终于实现了"天下一家，地球一村"的美好夙愿。所以，人人都是"粉丝"，个个都成"大师"，只是"大师"的标准疾趋直下，"即使你无所建创，但只须你略有所知"即可。而且，传媒将"粉丝"与"大师"都熬成了一锅"汤水"，彼此从中均可分一杯羹。

如今的"粉丝"与"大师"，已和板桥白石那个时代大异，他们完全可以自由转换，顺利过渡。我想，如果你心目中有一个大师，你就是"粉丝"；如果你有一大批的"粉丝"，你就是大师。

逛逛老街吃吃蟹

眼下秋冬，又到了食蟹的最佳时节。

上海人吃蟹总喜欢去巴城，一是图其路程方便，二是度其蟹源正宗，试想紧挨着阳澄湖，放只空篓蟹也会爬进来，谁还会舍近求远地去别处进蟹呢？于是，弹丸之地的巴城，每到金秋，就熙熙攘攘成了老饕们的麇集之地了。

很多人到巴城，都爱到湖边那一个个船舫模样的蟹饭店，门面上霓虹灯夸张地闪个不停，招牌也是格外地醒豁，然而进去之后，在简易的塑料板壁房中把酒论道、持螯话旧，感觉总是欠缺了许多。所以相比之下，我更喜欢去距阳澄湖仅一箭之遥的巴城老街，逛逛老街吃吃蟹，享受那一份淳朴和悠闲。

巴城老街现今的知名度还不算太响，但正因为此，老街给人的感觉则非常的静谧和纯朴，尤其是午后，有时整条老街也就一两个老人坐于屋前，在落日的余晖下打盹休憩，衬之以狭长古巷的背景，实在是温情如画。据悉，巴城老街古已有之，至明清时期，由于此地物产丰富，又处于水上交通要道，故街上米行、渔行以及手工作坊鳞次栉比，南北商贾来往频繁形成热闹的集市。

如今踏上老街的青石板路，你可以感觉到油光糯滑的青石板，积淀着老街厚厚的人文历史。在窄窄的街巷两边，明清古民居依次排列，虽没有勾檐飞角、雕梁画栋的气势，但庭院台阶、廊下镂窗的江南小景，依然是古风浓郁，亲切自然。老街全长仅二百余米，西起张家港河，东至现娄湾河头。在张家港河畔，有一座系光绪年间建造的石桥，桥堍下几棵两人合抱的古香樟树，树冠如盖，至今已有百余年。树下置石几三五，倒是休憩喝茶的绝好之地。老街由此向东延伸，除了几家近年恢复的老字号外，还有几家文化博物馆不可不看，如蟹文化博物馆、江南木雕馆、玉峰古文物展览馆等。在蟹文化馆中，可以看到蟹的生长、起源、养殖、捕捞、烹饪等丰富有趣的蟹文化历史，还可以欣赏历史上诸多文人墨客咏蟹的诗词佳句等，别看小小一只蟹，其中的学问还真不少呐。江南木雕馆是农民收藏家倪小舟二十年来精心收藏的木雕珍品，其中以花板为最多，每一件雕板中的人物形态各异、造型生动，不少传统的中国文化故事，都浓缩于半尺大的花板之中，读来颇为引人入胜。至于老街中部的玉峰古文物展览馆，可算是又一亮点。在该馆可看到许多马家窑文化的彩陶，距今已有四五千年的历史，还有一些青铜器、古玉、汉罐、唐宋及明清陶瓷等。这些都是一位当地文化老人将自己数十年之心血所得的四百件藏品，无偿捐献给巴城镇政府的。徜徉于这些展品前，如同在观赏一部静态的太湖流域文明史，令人感慨无穷。

　　逛完了老街天色已晚，此时就要想到出游品蟹的主题了。在巴城老街，最有名的以及口碑最佳的大概就要数老街酒楼了，走在巴城路上随便一问，立马就有人告诉你老街酒楼的方位，大有"借问酒家何处有，牧童遥指杏花村"的味道。

在老街酒楼，最为期待品尝的就是"阳澄湖八鲜"了。"八鲜"之首当然是非大闸蟹莫属了，其余还有湖虾、白水鱼、昂刺鱼、鳜鱼、鳊鱼、鲳鲏鱼、螺蛳。大闸蟹不用再说了，即使其他几鲜，老街酒楼烹制起来也别有一功。著名作家美食家沈嘉禄先生曾评价说，老街饭店是按照本帮馆子的做法，比如炒湖虾，油锅升至八成时投入，数秒钟后起锅，加料回锅，烹成油爆虾，壳脆肉嫩，成下酒妙品。还有鳜鱼，老街酒楼以清蒸吃原味，鲜香夺人。而且这道鳜鱼与众不同之处在于盘中加上一些青鱼、鲫鱼和鲤鱼的鱼籽鱼泡，浓油赤酱风格，端上桌时，撒一大把青蒜叶，红绿相间，更是赏心悦目。入口一嚼，鲜香直冲鼻腔。鱼泡软而不烂，有相当的韧劲。

……

老街酒楼的老板叫顾雪荣，为人热情，待人厚道，虽然是开饭店，但并没有生意人的势利之态，而是豪爽交友，从容开店。起初我和几个朋友在他那吃饭，并不相识，只是觉得他那里蟹肥小菜好，店小人气高，每每都令我们酒足饭饱，尽兴而归。于是就常常去他那里邀友小酌，一来二去，大家都成了好朋友。有一次喝得高兴，我也面皮一老当众泼墨献丑，写了两副对联送他：

雪雨初晴看老街；
荣恩不顾登酒楼。

又：

老街纷飞雪；
酒楼欣向荣。

聊聊十数字，姑且将"顾雪荣、老街酒楼"全部嵌入，不计工拙，算是聊博一粲、权当酒钱了。

麻花依旧下油锅

现在的人看到油总是心有余悸，油汪汪的菜肴、油炸得金黄的食品，即便色香诱人，但一想到自身纷纷临界的健康指标，也只能望而却步。然而在过去，那全民缺乏油水的年代，油可是个人见人爱的好东西。当然，油头滑脑、油头粉面的除外。

曾听一位在农村插过队的老知青开玩笑地说过，以前饿得慌，没东西吃时，恨不能"油氽揩台布"，也是好的。因为任何一样食物，只要用油一炸，重油一炒，立马就成了喷香四溢的美食！小时候我在一点心摊上看一个老师傅在煎油墩子，突然一只油墩子不慎掉在炉边脏兮兮的地上，只见那老师傅想也没想，迅速将油墩子捡起扔进沸腾的油锅内……至于后来是哪位朋友运气好，吃着这只油墩子我是不知道了，但由此可见，对我们老百姓来说，油炸之后的东西，其香脆可口看来是毫无疑问的。

儿时对油炸食物都非常爱吃。譬如说油条、粢饭糕、油墩子、麻油馓子、巧果、脆麻花等。而那时的油墩子多为两种：一是如拳大的糯米团子，内有上海人称之为"黑洋酥"的馅。所谓"黑洋酥"，就是以猪油和黑芝麻粉的混合物，通常上海人吃的宁波汤团，也多用此馅。这种油墩子吃起来外皮香脆，内里糯甜；还有一种叫萝卜丝油墩子，即以面粉水调至稀薄糊状，再与萝卜丝相拌匀，然后置以一只马口铁皮制成的椭圆形小勺内，连勺浸没于沸油中炸熟即可食。说来也怪，大概除了油条以外，像油墩子、麻油馓子、巧果之类的油炸品，上海人一般都不作为早点来吃，它们似乎永远只是"配角"的命，每每总是下午的三四点钟，被人们当作闲食来吃。而同样是油炸品的油条，毕竟属"四大金刚"之一，于是当仁不让，始终占据着上海人早点"当家花旦"的席位。

小时候排队买大饼油条早点时，往往都是近距离看着几位师傅在一条长桌上"操作"的。通常是长桌的两边各有两三位师傅，一边制作大饼，另一边制作油条，从擀面的开始，切段、搓按，大饼的一边是用炉子烘，油条的一边则是油锅煎，带有点"流水线"的意思。那时烘大饼的是要用手直接伸进炉膛中的，如"火中取栗"一般，所以大饼师傅从手背一直至臂膀，可谓汗毛全无；而煎油条的则端坐于油锅前，以超长的竹筷在滚烫的油锅内将油条翻来覆去，据说脸上也难免有几点麻坑，那都是被油星溅着所致。不过，我最喜欢的还是看制作油条的师傅，手上用一根四方光滑的木条，先将面搓成扁扁长长的一块，以刀切成细条，然后将两条上下叠起，用木条轻轻一压，先拎起一端在桌面上一转，再两端一掐便下油锅了。那一套动作做得行云流水，相当连贯。如师傅高兴时，还会边做边以手中的木条不停地击打着桌面，发出清脆而有节奏感的"啪啪"响声，听起来就好比表演快板书的那一段前奏似的。

油炸食品，大多非要趁热吃才行，唯有一种在食品店能买着的脆麻花，则冷热不必计较。这种麻花似乎以天津大麻花最为著名，老北京小食中也有，什么白糖的、芝麻的、芙蓉蜜的等等。不过相比之下，上海的脆麻花则最为简朴，上世纪七十年代那时，食品店里每根仅卖四分钱，没有芝麻也没有白糖，就十五厘米左右长短的一根，尽管如此素净，但也一样焦脆酥甜，深得孩子们的喜欢。

说起麻花我还想起著名作家钟叔河先生曾有一篇文章，说他家有个长辈亲戚早年在长沙城南书院读书时，放学后在长沙南门外里仁坡总见到有一个炸麻花的姑娘，态度亲和，姿色上佳，于是他们几个同学很有好感，常常去姑娘那里买麻花吃，趁机也闲聊几句，享受一下莫名的快慰。可是有一次年假过后，他们再去过访时却不见了麻花姑娘的芳踪，顿时，惆怅失落之感油然而生，一时起兴，便戏仿崔护的一首《题都城南庄》诗，题曰：

去年今日里仁坡，人面麻花相对搓。人面不知何处去，麻花依旧下油锅。

看来，孩提时对美食的印象就犹如青涩少年时对秀色的记忆，总是深刻而难以忘怀的。

一树梨花压海棠

　　读《文汇读书周报》得知，前不久北京图书订货会上有一本新书是《人间重晚晴——杨振宁翁帆访谈录》（科学出版社出版）颇受关注。想起二○○四年十一月五日杨翁订婚的消息一经传出时，舆论界曾一片哗然，以二十八岁的妙龄配八十二岁的老翁（且又是举世闻名的物理学家），此爆炸性新闻将各大小媒体刺激得几乎是上蹦下跳的，看来，很多老百姓都喜欢看"老夫少妻"的热闹。

　　"老夫少妻"的佳话在中国旧时的文人圈内经常发生，几乎举不胜举。但较著名的就是民国初曾任国务总理的六十六岁湖南凤凰人熊希龄，娶三十三岁的名女毛彦文的故事。当时一同追求毛彦文的还有一位是著名学者吴宓先生，尽管吴教授追得"惊天动地"，他甚至有诗云"吴宓苦爱毛彦文，三洲人士共知闻。离婚不畏圣贤讥，金钱名誉何足云"，但却是他一厢情愿，毛始终未理他。最终，自然是吴输给了熊。而且，熊、毛的结合，当年也同样引起了媒体的轰动，报上还刊有一副对联：

以近古稀之龄，奏凤求凰之曲，九九丹成，恰好三三行满；

登朱庭祺之庭，观毛彦文之颜，双双如愿，谁云六六无能？

下联的朱庭祺，是他俩的牵线人，故有"登庭观颜"之句。另外，毛彦文的一大学同窗恰又与熊家世交，于是也写一联贺喜：

旧同学成新伯母；

老年伯作大姐夫。

两联均带有善意的调侃，写得还算规矩。不过还有一联，谓不知名者所撰，或许比起前者来，措辞则有点"生辣"：

熊希龄雄心不减；
毛彦文茅塞顿开。

熊希龄虽花甲开六，但"谁云六六无能"？所以说"雄心不减"；毛彦文虽芳龄三三，却一直是待字闺中，于是今天——"茅塞顿开"。此联上有"熊、雄"同音，下亦"毛、茅"音同，均含一语双关之妙。

清人褚人穫的《坚瓠集》中记有六十三岁翁娶十六龄女为继室的故事，人有诗嘲之："二八佳人七九郎，婚姻何故不相当。红绡帐里求欢处，一树梨花压海棠。"

这"一树梨花压海棠"，虽说形容得有点"损"，但后来就变成描写"老夫少妻"之名句了。

我之笔墨缘

其实每一个孩子都是艺术家。因为在孩子们的身上，蕴藏着无数的艺术潜质，问题是谁能将这些潜质发掘出来。再者，即使发掘了，能不能把潜质化为气质，将艺术进行到底，甚至一直坚持到成为艺术家——或者说，一直坚持走在"成为艺术家"的道路上，那就是问题的关键所在了。

既然"每一个孩子都是"，那么，我自然也是了。只不过幸运的是，三十多年来，我基本坚持了少年时的兴趣和爱好，虽然说，还远远够不上是什么"艺术家"，但若说我正走在"成为艺术家"的道路上，倒也可不必否认。而且，我似乎更乐于保持这个"在路上"的状态，尽管年逾知命，何妨顺着惯性继续保持下去。

说起童年的我，最有兴趣的事毫无疑问，首先一定就是玩了。任何年代的孩子，贪玩是天性，也几乎是第一要务，冬天的雪仗或"斗鸡"；夏天的游泳捉知了，或者下棋斗蟋蟀等，几乎无所不玩。唯有玩完了，才会想起我的第二兴趣：读书或写字。当然，童年时的玩耍对日后的成长也不无益处，前些年我将自己于报上写的专栏文章结集出版，书名就叫《游嬉：老上海弄堂》，其中所写的，绝大多数都是我的童年玩事。

至于读书和写字，虽说是雅事，但对孩子来说，起初也是无奈的被动之举。尤其是写字。因为父亲粗通文墨，也算是写得一手好字，所以我还在学龄前，就开始在父亲的督教下，写起了毛笔字。我记得所临的一册可能是父亲以前用过的大楷字帖，颜柳的风格，但非刻碑拓本，而是近似于"孔乙己、上大人"之类。刚临写时，很不得要领，父亲一旁"向左、向左"或"向上向上"

地吆喝，而我手中的笔却不听使唤，老是东歪西倒，落笔之后，让父亲看了生气，常常恨铁不成，一记"麻栗"敲过来也是常事，为此我时有噙着泪在写字的镜头，有时，纸上的墨笔刚过，眼中的泪水又恰好滴落其上，然后，只见墨渍随着泪水，而慢慢地模糊、化开……

儿时的练字期并不是很长，字也没写好。后由于父亲早逝，我所谓的习字生涯也就因此而中断了。真是"少年不识愁滋味"，父亲刚离开的那年，我仅十一岁，似乎还不太懂得什么叫失怙之痛，相反，倒还有一种松懈之感，临帖读书之事早已抛置脑后。时光若飞，未觉池塘春草梦，阶前梧叶已秋声。一晃一年，如是又是六七年过去，而我真正有自觉意识的练字和刻印，已是十八岁的青年了。

钱锺书曾说过，二十岁不狂是没志气，五十岁还狂是没脑子。这里所谓的"狂"，正能量的理解或可指远大的"抱负"，宏伟的"雄心"。我那时十八岁，大"狂"不敢，小小的"雄心"还是私蓄了一点。根据自己的兴趣爱好，于是我定下了"练字刻印写文章"，三管齐下的学习计划。起初的野心并不大，虽未必要成"家"，但至少要够上能发表见报的水准。

　　上世纪的七八十年代，文化虽有点复苏，但远没有今日之繁荣与泛滥。我除了每日对帖临池外，要想看些参考书籍或是名家展览等，都非常不易。所以，每个星期天，只要闻讯哪儿有书画展，我必会赶去一睹为幸。古人的字帖虽然博大精深、底蕴无穷，但整天恪守着汉隶唐楷，毕竟也有点枯燥，脑子难免想"开开小岔"，去看看当今的一些名家书画，领略一点时代之风。当时，一大批海派名家尚健在，如刘海粟、朱屺瞻、马公愚、李天马、唐云、谢稚柳、赵冷月、任政、胡问遂等等，风格各异，精彩纷呈。那时我家住在杨树浦，一次听说愚园路长宁区文化宫有赵、任、胡的书法展，徐汇区那边有某某的国画展，我便花上大半天的时间，穿越整个市区，一一观赏揣摩。还有一次我傍晚回家，端起饭碗边吃饭边看晚报，忽然看到一则南京东路新华书店上架某家书帖的消息，由于一怕书店关门，二怕翌日售罄，于是我三话不说，当即放下饭碗便骑上自行车赶过去了……现在回想起当年的情景，真是痴迷得紧，连自己都忍不住要佩服一下自己。譬如定下每天要练两张大楷，我则会尽力执行，即使因事或因病而缺练，那么第二天就必须加倍写四张而将之补回来。还有一年我曾暗暗自定，尽量做到每天要练习刻一方印章，自此不管严冬酷暑，或是子夜凌晨，我都会挤出时间来履行自己的计划。甚至有一天是老同学的外婆故世，我们几个小伙伴帮忙一起守灵，我也照样事先写好印稿，然后在一旁磨石治印……等到那一年年终，我盘点了一下自己的所刻印拓，果然完成了三百余方。昔人云"莫教一日闲过"，虽不能完全做到，但扪心自问，时存笨鸟先飞意，常怀见贤思齐心，庶几也算不负春光矣。

作为一名书法爱好者，如果仅仅只是闭门苦练，得不到前辈高人的指点，终似盲人瞎马，要走许多无谓的弯路。然而在三十多年前，那个传媒不甚发达的年代，要想拜师学艺非常难，若想拜个名师那就更是难上加难了。因为那时所谓的名家高手，全都藏匿于民间，既没有电视节目可以抛头露面，也没有选秀活动使之脱颖而出，即便是报纸，也时时以阶级斗争为纲，艺术闲情的介绍极其有限，所以名家犹似"羚羊挂角"，简直"无迹可寻"，哪像今天这样：百度一下，私信一次，爱谁即可找谁。而过去拜师，多以传统的熟人介绍为主，或是邻居或是亲戚，转弯抹角，辗转托求，如果你的外公恰巧就住在沈尹默的隔壁，或譬如说，你表叔的舅妈，是唐云的二姨，那么，算你前世修来好福了。说来也巧，我高中一位语文教师，见我爱好刻印写字，想起他儿时有个玩伴，叫吴颐人，现也是一位中年书法篆刻家了，问我要不要拜师求教？我毫不犹豫连连点头，于是老师便修书一封，得到应允后，便准备约时拜访了。

语文老师的老家在闵行颛桥，那时还属上海县。记得那天我和老师各骑一辆自行车，从杨浦区一路骑到颛桥镇，全程大约四十多公里，花了三个多小时才到达。吴颐人老师其时年近不惑，以篆刻和汉简书法于书坛上崭露头角。据说他非常刻苦，不分昼夜和节假日，每天都蜗居在学校的单身宿舍里，勤奋地创作。我初见吴老师，他清癯瘦长的个子、浓重的沪郊乡音留给我很深的印象。吴老师看了我带去的稚嫩印作，说了一些指导的意见，具体哪一句虽不甚记得了，但为了鼓励我的好学，我清晰地记得，先生铺纸濡毫，当场书赠一联："得失塞翁马，襟怀孺子牛。"我如获至宝，回家不久便装裱成立轴悬挂室内以自砺。如今三十多年过去，虽几经搬迁，吴老师也时有新的墨宝馈赠，但这幅吴老师最早赠我的汉隶书法，我始终珍藏在身边。去年与吴老师闲聊时我还提起，吴老师素来对自己的艺术要求很高，不断创新，精益求精，他一听是自己的早年书作，连忙摆手"弗灵弗灵"，并再三关照："撕掉撕掉，我给你重写！我给你重写！"

艺术家就是如此，有的不悔少作，每一段都有每一段的风采；而有的却以不断的"新我"来否定"旧我"，他认为最好的永远只是"下一个"。吴老师就是这样的艺术家，只要是"少作"，他没有"不悔"的。其实他那幅汉隶对联书法，即使我今天以挑剔的眼光来看，依然是十分精彩的佳作，我怎么可能舍得撕了呢？

当时没有地铁，市区到郊县很不方便。与吴老师保持通信联系了一段时期后，吴老师说，你学篆刻，市区有一位篆刻家很厉害，叫刘一闻。我帮你写一封信，你可持信去找他，那样更方便你求教。就这样，我又拜识了当时尚属青年篆刻家的刘一闻。刘老师当年住在虹口区的四川北路，正好其时他在虹口区图书馆的篆刻班任教，于是，我又成了刘老师班上的一名学生。记得刘老师上课，总是从容不迫地娓娓而谈，印章之外，谈书画艺术、谈名家交游、谈艺坛趣味……他的艺术个性与才情，让我们很崇拜，而他那份成熟与从容，又让我难以相信：他那时仅仅只是一名三十四岁的青年。

那一时期的学习尽管短暂，但留给我的印象和力量却是巨大和无穷的，它拓开了我的视野，也使我日后走在书法篆刻艺术的路上，有个大致不偏差的方向。如今一转眼，竟然已三十多年过去了，幸好我断断续续，没有放弃这条艺术之路。所谓持之以恒，必有斩获，我也从一个无知少年，迈入了作家和书法家的队列。除了书法篆刻的创作之外，我还始终不忘读书和写作，当年的"三管齐下"，今天依然有效。自十多年前曾以民国文人书法作为研究主题，近年来著述不辍，于诸多报刊发表评论书画篆刻的文章已逾三四十万字，于《书法导报》《北京晚报》等也有"文人书法"的专栏文章。并已出版多种专集，其中以《纸上性情：民国文人书法》(上下集)最为知名，该书曾多次荣登上海各大书店好书综合排行榜前茅。东坡有诗句曰，"非人磨墨墨磨人"，岁月在读书临池中消逝，它带走了我们的青春，也带给了我们快乐。如今的我已过知命，而吴颐人、刘一闻以及九十年代即幸识的陆康老师，他们也早已过了古稀花甲之年，在国内书坛，都是极具影响之名家。但我仍和几位老师经常往还，讨教请益，一如当年。回顾我的笔墨之缘和艺术之路，这一路走来没有掉队或迷失，还真要感谢多位老师的引领和不断纠偏呢。

三印小跋

　　十多年前，我出版了第一本随笔集——《一窗明月半床书》。貌似读书随笔的样子，其实并不尽然，书的装帧乃至内容都十分简朴，而此书之名，乃取自集子中的一篇小文，是记述自己二十来岁时，在那个弄堂阁楼的读书年华。年华是美好的，书名是诗意的，但现实的境况却是寒酸的。对此，我想住过上海老弄堂的朋友都有深切体会。然而时过境迁，以前的那种艰难滋味，留在如今的回忆文字里，倒也不觉其苦反觉其美，甚至还会时常感叹：幸好那时受点苦。所以，我还据那本书名的意思，拟了一副对联，曰：

"难寻旧日一窗月，不悔少年半榻书。"

第一本随笔集出版了以后，陆续写了一些上海老弄堂以及民国文人的专题文字，也出版了六七册相关著作，待第二本随笔集又将出版时，即是这册《管中窥书》了。屈指算来，《管中窥书》距《一窗明月半床书》，两"书"的出版间隔恰好十年。

似也无刻意的安排，我的两本随笔集书名都带有一个"书"字，可见我与书总有一丝半缕的缘分。据说爱好雀战的朋友，常常忌讳一个"书"字。幸好我没有那个爱好，也不玩股票，故可无所顾忌地与书为伍。因此，在我的出没之处，皆有书的存在和泛滥，家中的书斋自不必说，即使客厅和卧室，也都有满壁的书橱霸占。而办公室我的那片区域，竟被同事称作"重灾区"。还有一些分散寄居于朋友的书店或茶楼，一时恐也很难聚拢。所以总奢望哪天我也能有一间真正的大书房，或谓安得广厦一两间，大批天下藏书俱团圆。那么坐拥书城，四海归心，人生还有多少"输赢"可值得计较呢？

《管中窥书》这一册小书，虽不能当作纯粹的读书随笔，但姑且还算是与书人书事搭点边吧。承蒙读者的厚爱，此书自出版以来一印再印，虽仅过了四年，如今却迎来了它的"第三印"。在这"三印本"中，我除订正了多处错讹之外，还稍微改换了一点封面，并补写了这篇"跋记"，目的就是为老书增加一点点新意，为有版本爱好的读者增加一点点收藏的理由。感谢编辑杨柏伟兄，是他一贯的认可与鞭策，才有了这本书的今天。如果日后我再有新的随笔集出版，作为同样具有爱书癖的柏伟兄，一定是最好的编辑人选。

记得清人张心斋曾有一句妙言，说"少年读书，如隙中窥月；中年读书，如庭中望月；老年读书，如台上玩月"，我从隙中的"一窗明月"窥起，渐渐地步影随月，如今也即将到了无所事事、负暄于阳台的年纪，剩下的读书皆不带有任何的功利目的，就看怎么开心怎么玩了。

作者于二〇二〇年六月十日晚

图书在版编目(CIP)数据

管中窥书/管继平著. —上海：上海书店出版社，
2015.12(2020.6 重印)
ISBN 978－7－5458－1117－9
Ⅰ.①管… Ⅱ.①管… Ⅲ.①随笔-作品集-中国-
当代 Ⅳ.①I267.1
中国版本图书馆 CIP 数据核字(2015)第 164219 号

管中窥书

管继平/著
责任编辑/杨柏伟 何人越 特约校对/毛如成
技术编辑/丁 多 装帧设计/郦书径
上海书店出版社出版
上海人民出版社发行中心发行
上海市福建中路 193 号 邮政编码/200001
www.ewen.co
全国各地书店经销
苏州市越洋印刷有限公司印刷
开本 787×1092 1/32 印张 8.875 字数 100，000
2015 年 12 月第 1 版 2020 年 6 月第 3 次印刷
ISBN 978－7－5458－1117－9/I·319
定价：40.00 元